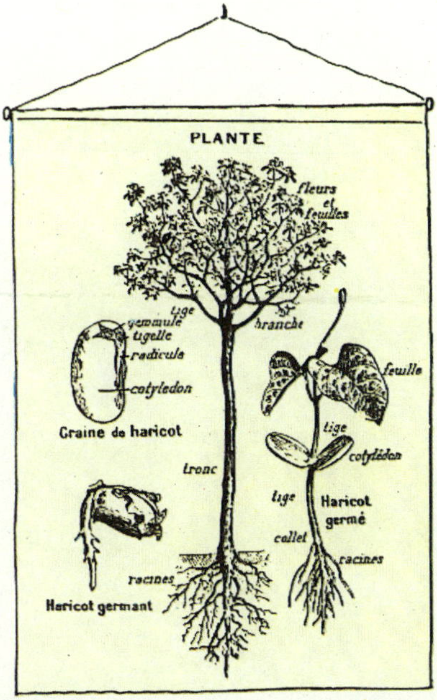
PLANTE
fleurs et feuilles
tige
gemmule
tigelle
radicule
cotylédon
Graine de haricot
branche
feuille
tige
cotylédon
tronc
tige
Haricot germé
collet
racines
racines
Haricot germant

Sempé/Goscinny

O Pequeno Nicolau

Sempé/Goscinny

O Pequeno Nicolau
e Seus Colegas

martins fontes
selo martins

Título original: LE PETIT NICOLAS ET LES COPAINS.
Copyright © Denoël, Paris, 1963
Copyright © Livraria Martins Fontes Editora Ltda.,
São Paulo, 1987, para a presente edição

2ª edição
março de 1998

1ª reimpressão
outubro de 2011

Tradução
LUIZ LORENZO RIVERA

Revisão da tradução
Monica Stahel
Revisão gráfica
Solange Martins
Produção gráfica
Geraldo Alves
Paginação
Moacir Katsumi Matsusaki

Dados Internacionais de Catalogação na Publicação (CIP)
(Câmara Brasileira do Livro, SP, Brasil)

Sempé, Jean Jacques, 1932-
O pequeno Nicolau e seus colegas / Sempé, Goscinny ; [tradução Luis Lorenzo Rivera ; revisão da tradução Monica Stahel]. – 2ª ed. – São Paulo : Martins Fontes, 1998.

Título orginal: Le petit Nicolas et les copains.
ISBN 85-336-0856-X

1. Literatura infanto-juvenil   I. Goscinny René.   II. Título

98-1333   CDD-028.5

Índices para catálogo sistemático:
1. Literatura infantil   028.5
2. Literatura infanto-juvenil   028.5

Todos os direitos desta edição para a língua portuguesa reservados à
Martins Editora Livraria Ltda.
Av. Dr. Arnaldo, 2076
01255-000 São Paulo SP Brasil
Tel. (11) 3116-0000
info@martinseditora.com.br
www.martinsmartinsfontes.com.br

Índice

O Clotário está de óculos 7
A taça de ar puro 15
Os lápis de cor 23
Os campistas 31
A gente falou no rádio 39
Maria Edviges 47
Filatelias 55
Maximiliano, o mágico 63
A chuva 71
O xadrez 79
Os médicos 87
A livraria nova 95
O Rufino está doente 103
Os atletas 111
O código secreto 117
O aniversário da Maria Edviges 123

O Clotário está de óculos

Hoje de manhã nós todos tivemos a maior surpresa quando o Clotário chegou à escola, porque ele estava usando óculos.

— Foi o médico — o Clotário explicou para nós. — Ele disse para os meus pais que talvez eu seja o último porque não enxergo bem na classe. Então eles me levaram para uma loja de óculos e o homem dos óculos me olhou os olhos com uma máquina que não doía nada, me mandou ler um monte de letras que não queriam dizer nada e depois me deu os óculos, e agora pimba! Eu não vou mais ser último.

Eu fiquei meio espantado com esse negócio dos óculos, porque se o Clotário não enxerga na classe é porque quase sempre ele dorme, mas pode ser que os óculos não deixem mais ele dormir. E depois é verdade mesmo que o primeiro da classe é o Agnaldo, e ele é o único que usa óculos, só que é por causa disso que a gente não pode bater nele sempre que dá vontade.

O Agnaldo não gostou de ver que o Clotário estava de óculos. O Agnaldo, que é o queridinho da professora, está sempre com medo de outro colega ser o primeiro no lugar dele, e a gente estava muito contente pensando que agora o primeiro ia ser o Clotário, que é um colega muito legal.

O CLOTÁRI ESTÁ DE ÓCULOS!
O CLOTÁRIO ESTÁ DE ÓCULOS!
OTÁRIO STÁ DE ÓCULOS!
O CLOTÁRIO ESTÁ DE ÓCULOS!
O CLOTÁRIO ESTÁ DE ÓCULOS!
O CLOTÁRIO ESTÁ DE ÓCULOS!
O CLOTA ESTÁ DE ÓCULOS!
O CLOTÁRIO ESTÁ DE ÓCULOS!
QUE SORTUDO!
PUXA! QUE ÓCULOS BONITOS!
O CLOTÁRIO ESTÁ DE ÓCULOS!

sempé

— Você viu os meus óculos? — o Clotário perguntou para o Agnaldo. — Agora eu vou ser o primeiro em tudo e vou ser eu que a professora vai mandar buscar os mapas e que vou apagar o quadro! Lá lá láá, lá!

— Não senhor! Não senhor! — o Agnaldo falou. — O primeiro sou eu! E depois, pra começar, você não tem o direito de vir para a escola de óculos!

— Não tenho o direito, aaaaah! Não fala bobagem! — o Clotário falou. — E você não vai ser mais o único queridinho sujo da classe! Lá lá láá, lá!

— E eu — o Rufino disse — vou pedir para o meu pai comprar óculos pra mim e vou ser o primeiro também!

— Nós todos vamos pedir para os nossos pais comprarem óculos para a gente — o Godofredo gritou. — E nós todos vamos ser primeiros e queridinhos!

Aí então é que foi terrível, porque o Agnaldo começou a gritar e a chorar. Ele disse que não valia, que a gente não tinha direito de ser os primeiros da classe, que ele ia reclamar, que ninguém gostava dele, que ele era muito infeliz, que ele ia se matar e aí o Sopa veio correndo. O Sopa é o nosso inspetor de alunos, e um dia eu vou contar pra vocês por que é que a gente chama ele assim.

— O que está acontecendo? — o Sopa gritou. — Agnaldo! O que é que você tem para estar chorando desse jeito? Olhe bem nos meus olhos e me responda!

— Eles todos estão querendo usar óculos! — o Agnaldo disse, dando uma porção de soluços.

O Sopa olhou para o Agnaldo, depois olhou para a gente, esfregou a boca com a mão e depois disse para a gente:

— Todos vocês, olhem bem nos meus olhos! Eu não quero tentar entender as histórias de vocês; mas vou dizer uma coisa: se escutar vocês de novo, vai ter! Agnaldo, vá beber um copo d'água sem respirar, e os outros... bem, para bom entendedor...! Até logo!

E ele foi embora com o Agnaldo, que continuava dando soluços.

— Ei, Clotário — eu perguntei —, você empresta os óculos pra gente nas chamadas orais?

— É sim, e nas provas também! — o Maximiliano disse.

— Nas provas não dá, eu vou precisar — o Clotário disse —, porque se eu não for o primeiro o meu pai vai saber que eu não estava de óculos e aí vai dar muita complicação porque ele não gosta que eu empreste as minhas coisas; mas para a chamada oral a gente dá um jeito.

O Clotário é mesmo um amigo muito legal e aí eu pedi para ele me emprestar os óculos para experimentar, e eu não consigo saber como é que ele vai fazer para ser o primeiro porque com os óculos dele a gente vê tudo atravessado, e quando a gente olha para os pés parece que eles estão pertinho da cara. Depois eu passei os óculos para o Godofredo, que emprestou eles para o Rufino, que pôs eles no Joaquim, que deu eles para o Maximiliano, que jogou eles para o Eudes, que fez a gente dar muita risada bancando o zarolho, e depois o Alceu quis pegar eles, mas aí complicou.

– Você não – o Clotário falou. – Você tem as mãos cheias de manteiga por causa dos teus pãezinhos e vai sujar meus óculos, e não adianta nada ter óculos se a gente não consegue enxergar com eles, e dá um bruta trabalhão para limpar, e o meu pai não vai mais me deixar ver televisão se eu for o último da classe outra vez, só porque um idiota sujou os meus óculos com a mãozona cheia de manteiga!

Aí o Clotário pôs os óculos de novo, mas o Alceu estava bravo.

— Você está querendo levar a minha mãozona cheia de manteiga na cara? — ele perguntou para o Clotário.

— Você não pode me bater — o Clotário disse. — Eu uso óculos. Lá lá láá, lá!

— Então tira eles! — o Alceu falou.

— Não senhor! — o Clotário falou.

— Ah! Esses primeiros da classe são todos iguais! São todos covardes!

— Quem que é covarde, eu? — o Clotário gritou.

— É sim senhor, porque você está usando óculos! — o Alceu gritou.

— Ah, é? A gente vai ver quem que é covarde! — o Clotário gritou, e tirou os óculos.

Os dois estavam com muita raiva, mas não puderam brigar porque o Sopa veio correndo.

— O que foi agora? — ele perguntou.

— Ele não quer que eu use óculos! — o Alceu gritou.

— E nos meus ele quer passar manteiga! — o Clotário gritou.

O Sopa pôs as mãos na cara e esticou as bochechas, e quando ele faz assim é porque não é hora de brincadeira.

— Olhem bem nos meus olhos, vocês dois! — o Sopa falou. — Não sei o que mais vocês andaram inventando, mas não quero mais ouvir falar de óculos! E para amanhã vocês vão me conjugar o verbo "Eu não devo dizer absurdos durante o recreio, nem provocar confusão, obrigando o Sr. Inspetor de Alunos a tomar uma atitude." Em todos os tempos do Indicativo.

E ele foi tocar o sinal para a gente entrar na classe.

Na fila, o Clotário disse que quando o Alceu estivesse com as mãos secas ia emprestar os óculos para ele. O Clotário é mesmo um colega muito legal.

Na aula — era Geografia — o Clotário mandou passar os óculos dele para o Alceu, que tinha limpado bem as mãos no casaco. O Alceu pôs os óculos, e aí ele teve azar mesmo, porque ele não viu a professora que estava bem na frente dele.

— Alceu! Pare de bancar o palhaço! — a professora gritou. — E não fique olhando como vesgo. Se bater uma corrente de ar você vai ficar assim para o resto da vida! E agora saia já da sala!

E o Alceu saiu com os óculos e quase que deu uma trombada na porta; depois a professora chamou o Clotário no quadro-negro.

Aí, é claro, sem os óculos, não deu certo: o Clotário tirou zero.

A taça de ar puro

O sr. Bongrão convidou a gente para passar o domingo na nova casa de campo dele. O sr. Bongrão é o contador no escritório onde o papai trabalha e dizem que ele tem um menino da mesma idade que eu, que é muito bonzinho e que se chama Corentino.

Eu fiquei muito contente porque eu gosto muito de ir para o campo e o papai explicou para nós que fazia pouco tempo que o sr. Bongrão tinha comprado a casa e que ele tinha dito que não era longe da cidade. O sr. Bongrão tinha explicado tudinho para o papai pelo telefone e o papai escreveu num papel, e parece que é muito fácil chegar lá. É sempre em frente, aí a gente vira no primeiro farol à esquerda, passa por baixo da ponte da estrada de ferro, depois vai sempre em frente outra vez, até o cruzamento, aí é para pegar à esquerda e depois à esquerda de novo, até uma fazenda grande toda branca, e depois a gente vira à direita numa estradinha de terra e aí vai sempre em frente e à esquerda depois do posto de gasolina.

Saímos bem cedo, o papai, a mamãe e eu no carro, e o papai cantava e depois ele parou de cantar por causa de todos os outros carros que tinha na estrada. A gente não conseguia andar. E depois o papai passou o farol onde era para virar, mas ele disse que não tinha importância, que ele ia pegar o caminho dele no outro cruzamento. Mas no outro cruzamento estavam fazendo uma porção de obras e então tinham colocado uma placa onde estava escrito "Desvio"; e a gente se perdeu; e o papai gritou com a mamãe dizendo que ela não estava lendo direito para ele as indicações que tinha no papel; e o papai perguntou o caminho para uma porção de gente que não sabia; e nós chegamos à casa do sr. Bongrão quase na hora do almoço, e a gente parou de brigar.

O sr. Bongrão veio receber a gente na porta do jardim dele.

— Pois é, essa gente da cidade não consegue mesmo levantar cedo, hem?! — o sr. Bongrão falou.

Então o papai explicou para ele que a gente tinha se perdido e o sr. Bongrão fez uma cara de muita surpresa.

— Mas como foi que você conseguiu? — ele perguntou.
— É só ir sempre em frente!

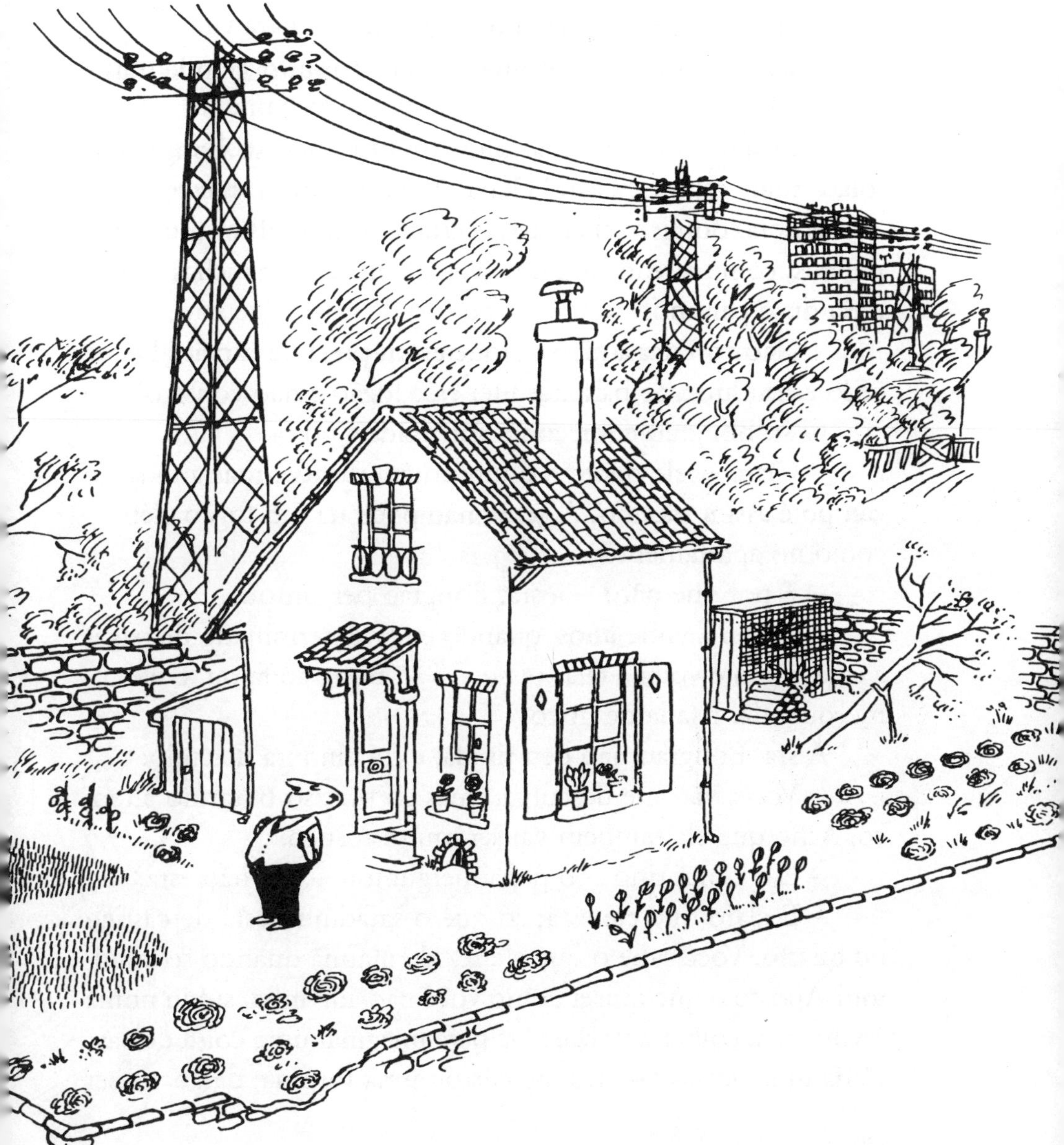

E ele mandou a gente entrar na casa.

É legal a casa do sr. Bongrão! Não é muito grande mas é legal.

— Esperem, vou chamar minha mulher — o sr. Bongrão falou, e aí ele gritou: "Clara! Clara! Nossos amigos chegaram!"

E a sra. Bongrão chegou; ela estava com os olhos todos vermelhos, com tosse, e com um avental cheio de manchas pretas, e ela disse para nós:

— Não vou dar a mão porque estou preta de carvão! Desde cedo estou lutando para acender esse fogão e não consigo!

O sr. Bongrão começou a dar risada.

— Claro — ele disse —, é um pouco rústico, mas a vida no campo é assim mesmo! A gente não pode ter um fogão elétrico como no apartamento.

— E por que não? — a sra. Bongrão perguntou.

— Daqui a vinte anos, quando eu tiver terminado de pagar a casa, a gente volta a falar nisso — o sr. Bongrão falou. E ele começou a dar risada de novo.

A sra. Bongrão não deu risada, e foi embora dizendo:

— Vocês vão me desculpar, mas eu preciso tratar do almoço. Acho que ele também vai ser muito rústico.

— E o Corentino — o papai perguntou —, ele não está?

— É claro que ele está; só que o safadinho está de castigo no quarto. Você sabe o que ele fez de manhã quando se levantou? Aposto o que quiser como você não adivinha: subiu numa árvore para colher ameixas! Dá para imaginar uma coisa dessas? Cada uma dessas árvores me custou uma fortuna, e não vai ser para um moleque ficar se divertindo quebrando os galhos, não é mesmo?

Depois o sr. Bongrão disse que já que eu estava ali ele ia tirar o castigo porque ele tinha certeza de que eu era um menino educado, que não ia se divertir estragando o pomar e a horta.

O Corentino chegou, disse bom-dia para a mamãe, para o papai e a gente deu a mão. Ele parece ser bem legal, não tão legal como os colegas da escola, é claro, mas também é verdade que os colegas da escola são terríveis.

— Vamos brincar no jardim? — eu perguntei para ele.

O Corentino olhou para o pai dele e o pai dele disse:

— Eu prefiro que não, meninos. Daqui a pouco a gente vai almoçar, e eu não gostaria que vocês trouxessem lama para dentro de casa. A mamãe teve muito trabalho para fazer a limpeza esta manhã.

Então, eu e o Corentino, a gente se sentou, e enquanto os grandes tomavam aperitivo nós ficamos vendo uma revista que eu já tinha lido em casa. E a gente leu uma porção de vezes aquela revista, porque a sra. Bongrão, que não tomou aperitivo junto com os outros, estava com o almoço atrasado. Depois a sra. Bongrão chegou, tirou o avental e disse:

– Azar... Vamos para a mesa!

O sr. Bongrão estava todo orgulhoso com a entrada, porque, como ele explicou, os tomates tinham vindo todos da horta dele, e o papai deu risada e disse que eles tinham vindo cedo demais porque ainda estavam verdes. O sr. Bongrão respondeu que talvez eles ainda não estivessem bem maduros, mesmo, mas que tinham um gosto diferente daqueles que a gente compra na feira. O que eu gostei mesmo foi das sardinhas.

Depois a sra. Bongrão trouxe o assado, que estava muito engraçado porque por fora ele estava todo preto, mas por dentro parecia que não tinha assado nem um pouco.

– Eu não quero – o Corentino falou. – Eu não gosto de carne crua!

O sr. Bongrão olhou feio e disse para ele acabar os tomates logo e comer a carne como todo o mundo, senão ele ia de castigo.

O que não tinha dado muito certo eram as batatas do assado, elas estavam um pouco duras.

Depois do almoço a gente se sentou na sala. O Corentino pegou de novo a revista e a sra. Bongrão explicou para a mamãe que ela tinha uma empregada na cidade mas que a empregada não queria vir trabalhar na casa de campo, no domingo. O sr. Bongrão explicou para o papai quanto é que a casa tinha custado e que ele tinha feito um grande negócio. Para mim aquilo tudo não interessava nada, e então eu perguntei para o Corentino se a gente não podia ir brincar lá fora onde estava cheio de sol. O Corentino olhou para o pai dele e o sr. Bongrão disse:

— Mas é claro, meninos. Eu só peço para vocês brincarem nos caminhos e não na grama. Divirtam-se bastante e se comportem.

Eu e o Corentino saímos e o Corentino me disse que a gente ia jogar petanque[1]. Eu gosto muito de petanque e sou ótimo na pontaria. A gente jogou no caminho; só tinha um e não era muito grande; e o Corentino se defende bem pra chuchu.

— Toma cuidado, porque se uma bola cair em cima da grama a gente não vai poder pegar ela de novo!

Então o Corentino atirou e pimba! A bola dele não acertou na minha e foi parar em cima da grama. A janela da sala abriu imediatamente e o sr. Bongrão pôs para fora uma cara toda vermelha e muito brava:

— Corentino! — ele gritou. — Quantas vezes eu já te disse para tomar cuidado e não estragar esse gramado? Há várias semanas que o jardineiro está trabalhando nele. Quando você vem para o campo, você fica impossível! Vamos, já para o quarto, até a hora do jantar!

1. Jogo tradicional na França, parecido com o jogo de bocha, sendo que as bolas são menores e de metal.

O Corentino começou a chorar e foi embora; então eu entrei na casa.

Mas a gente não ficou mais muito tempo, porque o papai disse que ele queria ir embora cedo para não pegar o trânsito engarrafado. O sr. Bongrão disse que, de fato, era mais prudente, que eles também não iam demorar muito para voltar, era só a sra. Bongrão terminar de arrumar a casa.

O sr. e a sra. Bongrão acompanharam a gente até o carro; o papai e a mamãe disseram para eles que tinham passado uma tarde que nunca iam esquecer, e bem na hora que o papai ia dar a partida o Sr. Bongrão chegou perto da porta para falar com ele:

— Por que você não compra uma casa de campo, como eu? — o sr. Bongrão falou. — É claro que para mim não faz diferença; mas não se pode ser egoísta, meu velho! Para a mulher e o garoto, você não pode imaginar o bem que faz essa tranqüilidade e essa taça de ar puro todos os domingos!

Os lápis de cor

Hoje de manhã, antes de eu sair para a escola, o carteiro trouxe um pacote para mim, um presente da vovó. É legal esse carteiro!

O papai, que estava tomando o café com leite dele, disse: "Ai ai ai, catástrofes à vista!" e a mamãe, que não gostou nada do que o papai falou, começou a gritar que toda vez que a mãe dela, a minha avó, fazia alguma coisa, o papai sempre tinha que reclamar e o papai disse pra ela que ele queria tomar o café com leite dele sossegado, e a mamãe disse que oh! é claro, ela só servia mesmo era pra fazer café com leite e arrumar a casa, e o papai disse que ele não tinha dito nada disso mas que não era pedir demais ter um pouco de paz em casa, ele que trabalhava duro para a mamãe ter com o que fazer o café com leite. Enquanto o papai e a mamãe falavam, eu abri o pacote, e era superlegal: uma caixa de lápis de cor! Eu estava tão contente que comecei a correr, a pular e a dançar na sala com a minha caixa, e todos os lápis cairam no chão.

— Está começando bem! — o papai falou.

— Eu não entendo a sua atitude — a mamãe falou. — E depois, pra começar, eu não consigo perceber que tipo de catástrofe esses lápis de cor vão poder provocar! Não, eu não consigo perceber mesmo!

— Você vai perceber — o papai falou.

E ele foi embora para o escritório. A mamãe falou para eu juntar logo os meus lápis de cor, porque senão eu ia chegar tarde à escola. Então eu guardei depressa os lápis na caixa e pedi para a mamãe se eu podia levar eles para a escola. A mamãe disse que sim e disse também para eu tomar cuidado para não criar problemas com os meus lápis de cor. Eu prometi, coloquei a caixa na minha mala e fui embora. Eu não entendo o papai e a mamãe; sempre que eu ganho um presente, eles têm certeza de que eu vou fazer alguma bobagem.

Cheguei à escola bem na hora que estava tocando o sinal para entrar na classe. Eu estava todo prosa com a minha caixa de lápis de cor e estava com pressa de mostrar ela para os meus colegas. É verdade, na escola é sempre o Godofredo que leva coisas que o pai dele, que é muito rico, compra pra ele, e agora eu estava bem contente de mostrar para o Godofredo que não era só ele que tinha presentes legais, é mesmo, afinal, pô, fora de brincadeira...

Na classe a professora chamou o Clotário ao quadro e enquanto ela fazia as perguntas pra ele eu mostrei a minha caixa para o Alceu, que senta do meu lado.

— Nem é legal — o Alceu me disse.

— Foi a minha vovó que me mandou — eu expliquei.

— O que que é? — o Joaquim perguntou.

E o Alceu passou a caixa para o Joaquim, que passou para o Maximiliano, que passou para o Eudes, que passou para o Rufino, que passou para o Godofredo, que fez cara feia.

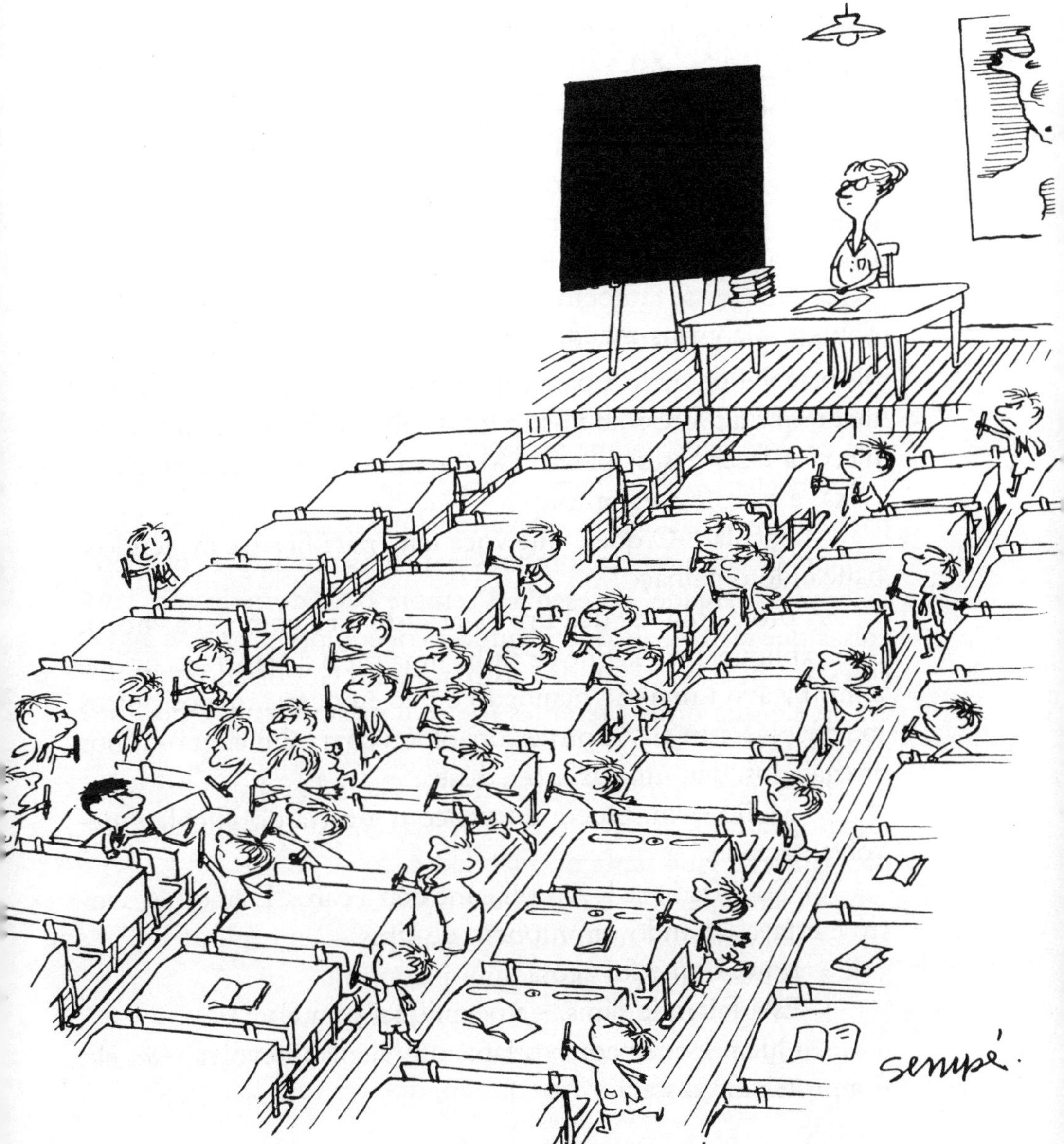
sempé

Só que todos eles ficavam abrindo a caixa e tirando os lápis para ver de perto e para experimentar, e então eu fiquei com medo que a professora visse e fosse tomar os lápis. Então eu comecei a fazer gestos para o Godofredo para ele me devolver a caixa, e a professora gritou:

— Nicolau! O que é que você tem, para ficar se mexendo e bancando o palhaço?

A professora me deu um baita susto e eu comecei a chorar, e eu expliquei pra ela que eu tinha uma caixa de lápis de cor que a minha avó tinha me mandado e que eu queria que os outros me devolvessem ela. A professora olhou para mim com os olhos arregalados, deu um suspiro e disse:

— Muito bem. Quem estiver com a caixa do Nicolau, devolva para ele.

O Godofredo se levantou e me deu a caixa. E eu olhei dentro e estava faltando um montão de lápis.

— Bom, o que foi agora?

— Está faltando lápis — eu expliquei para ela.

— Quem estiver com os lápis do Nicolau devolva para ele — a professora disse.

Aí então todos os colegas se levantaram para vir trazer os lápis. A professora começou a bater na mesa com a régua e deu castigo para todos nós; a gente vai ter que conjugar o verbo: "Eu não devo tomar os lápis de cor como pretexto para interromper a aula e fazer bagunça na classe." O único que não ganhou castigo, além do Agnaldo, que é o queridinho da professora e que estava ausente porque ele está com caxumba, foi o Clotário, que tinha sido chamado ao quadro. Ele ficou foi sem recreio, como sempre que ele é chamado ao quadro.

Quando tocou o sinal do recreio, eu levei a minha caixa de lápis de cor comigo, para poder falar dela com os meus colegas, porque aí não tinha perigo de castigo. Mas no pátio, quando eu abri a caixa, vi que estava faltando o lápis amarelo.

— Tá faltando o amarelo! — eu gritei. — Me devolvam o amarelo!

— Você já está começando a encher a gente com esses lápis — o Godofredo falou. — Foi por tua causa que nós levamos castigo!

Aí então foi que eu fiquei louco de raiva.

— Se vocês não tivessem feito palhaçada, não ia acontecer

nada – eu disse. – O que acontece é que vocês são todos uns invejosos. E se eu não descobrir o ladrão eu vou dar queixa!

– É o Eudes que está com o amarelo – o Rufino gritou –, ele está todo vermelho!... Ei, vocês ouviram? eu fiz um trocadilho: eu disse que o Eudes tinha roubado o amarelo porque ele estava vermelho!

E todo o mundo começou a dar risada, e eu também, porque aquela era boa, e eu vou contar para o papai. O único que não estava rindo era o Eudes, que foi pra cima do Rufino e deu um soco no nariz dele.

– Então, quem é o ladrão? – o Eudes perguntou, e deu um soco no nariz do Godofredo.

– Mas eu não disse nada! – gritou o Godofredo, que não gosta de levar socos no nariz, principalmente quando é o Eudes que dá. Eu dei risada com aquele soco que o Godofredo levou no nariz, sem esperar. E aí o Godofredo correu pra cima de mim e me deu um tapa, à traição, e a minha caixa de lápis de cor caiu e nós brigamos. O Sopa, que é o nosso inspetor de alunos, veio correndo, separou a gente, chamou a gente de bando de pequenos selvagens, disse que não queria nem saber o que estava acontecendo e deu cem linhas para cada um.

– Eu não tenho nada com isso – o Alceu falou –, eu estava comendo a minha fatia de pão.

– Nem eu – o Joaquim falou –, eu estava pedindo para o Alceu me dar um pedaço.

– Pode pedir quanto quiser! – o Alceu falou.

Aí então o Joaquim deu um tapa no Alceu e o Sopa deu duzentas linhas de castigo para cada um.

Eu voltei muito chateado para casa na hora do almoço: a minha caixa de lápis de cor estava destruída, tinha lápis quebrado e ainda estava me faltando o amarelo. E eu comecei a chorar na sala e a explicar pra mamãe a história dos castigos. Depois o papai chegou e disse:

— Pelo visto eu não estava enganado, aconteceram catástrofes com os lápis de cor!

— Não vamos exagerar — a mamãe falou.

Aí então a gente ouviu um barulhão: era o papai que tinha acabado de levar um tombo quando pisou no meu lápis amarelo, que estava na frente da porta da sala.

Os campistas

— Ei, pessoal – o Joaquim falou pra nós na saída da escola –, e se a gente fosse acampar amanhã?

— O que que é acampar? – perguntou o Clotário, que sempre faz a gente rir, porque ele nunca sabe de nada.

— Acampar? É legal pra chuchu – o Joaquim explicou pra ele. – Eu fui domingo passado com os meus pais e uns amigos deles. A gente vai de carro bem longe, no campo, depois a gente fica num lugar bem legal perto de um rio, monta as barracas, faz fogueira para cozinhar, a gente nada, pesca, dorme na barraca, tem um monte de mosquito e quando começa a chover a gente vai embora correndo.

— Lá em casa ninguém vai me deixar ir bancar o bobo, sozinho, lá longe no campo. Principalmente se tiver um rio – o Maximiliano disse.

— Não é isso, pô — o Joaquim falou —, a gente vai fazer de conta! A gente vai acampar no terreno baldio!

— E a barraca? Você tem barraca? — o Eudes perguntou.

— Claro! — o Joaquim respondeu. — Como é, todo o mundo topa?

E na quinta-feira todo o mundo foi para o terreno baldio. Não sei se já contei para vocês que no meu quarteirão, bem perto da minha casa, tem um terreno baldio superlegal, onde a gente acha caixotes, papéis, pedras, latas velhas, garrafas, gatos zangados e principalmente um carro velho que não tem mais rodas mas que é jóia assim mesmo.

O Joaquim foi quem chegou por último trazendo um cobertor dobrado embaixo do braço.

— E a barraca? — o Eudes perguntou.

— Bom, olha aqui ela — o Joaquim respondeu mostrando o cobertor para a gente, um cobertor velho todo furado e cheio de manchas por todo lado!

— Isso aí não é uma barraca de verdade! — o Rufino falou.

— E você acha que o meu pai ia me emprestar a barraca dele novinha, acha? — o Joaquim falou. — Com o cobertor a gente faz de conta.

E aí o Joaquim disse que nós todos devíamos entrar no carro, porque para acampar é preciso ir de carro.

— Mentira! — o Godofredo falou. — Eu tenho um primo que é escoteiro, e ele sempre vai a pé!

— Se você quiser ir a pé pode ir — o Joaquim falou. — A gente vai é de carro e vai chegar bem antes de você.

— E quem é que vai dirigir? — o Godofredo perguntou.

— Eu, é claro — o Joaquim respondeu.
— E por quê? Posso saber? — o Godofredo perguntou.
— Porque fui eu que tive a idéia de acampar, e também quem trouxe barraca fui eu — o Joaquim disse.

O Godofredo não gostou nada, mas como a gente estava querendo chegar logo para acampar nós dissemos para ele não ficar com história. Então todos nós subimos no carro, pusemos a barraca em cima dele e todo o mundo fez "vrum vrum", até o Joaquim que estava dirigindo e gritava: "Cuidado aí, ei papai! Aí, navalha! Assassino! Viu só como ultrapassei aquele ali, com o carro esporte dele?" O Joaquim vai ser um ótimo motorista quando ele crescer. E depois ele disse:

— Este lugar aqui é bonito. Vamos parar.

Então todo o mundo parou de fazer "vrum vrum" e nós descemos do carro, e o Joaquim olhou em volta dele todo feliz da vida.

— Muito bem. Tragam a barraca, estamos bem perto do rio.
— Onde é que você está vendo rio, onde? — o Rufino perguntou.
— Ué, ali! — o Joaquim falou. — A gente faz de conta, pô!

Então a gente trouxe a barraca e, enquanto a gente armava ela, o Joaquim disse para o Godofredo e o Clotário irem buscar água no rio e depois fingirem que estavam acendendo o fogo para cozinhar o almoço.

Montar a barraca não foi nada fácil, mas a gente pegou umas caixas e pôs uma em cima da outra e o cobertor por cima. Estava muito legal.

— O almoço está pronto! — o Godofredo gritou.

Aí todo o mundo fingiu que estava comendo, menos o Alceu, que estava comendo de verdade, porque ele tinha trazido uns pães com geléia da casa dele.

— Este frango está ótimo! — o Joaquim falou, fazendo "mnham, mnham".

— Você me passa um pouco dos teus pães? — o Maximiliano pediu para o Alceu.

— Será que você não está ficando louco, não? — o Alceu respondeu. — Por acaso eu pedi o teu frango, pedi?

Mas como o Alceu é um colega legal, ele fez de conta que passava um dos pãezinhos dele para o Maximiliano.

— Bem, agora é preciso apagar o fogo — o Joaquim falou —, e enterrar todos os papéis sujos e as latas de conserva.

— Você está ficando louco — o Rufino falou. — Se a gente tiver que enterrar todos os papéis sujos e todas as latas de conserva do terreno baldio, a gente vai ficar aqui até domingo!

— Mas como você é burro! — o Joaquim falou. — A gente faz de conta! Agora vai todo o mundo ficar debaixo da barraca para dormir.

E aí, embaixo da barraca, foi gozado demais; a gente estava superapertado e fazia calor, mas estava muito divertido. A gente não dormiu de verdade, é claro, porque ninguém estava com sono, e depois também porque não tinha lugar. Depois de algum tempo que a gente estava debaixo do cobertor, o Alceu falou:

— E o que é que a gente vai fazer agora?

— Ué, nada — o Joaquim disse. — Quem quiser pode dormir, os outros podem ir tomar banho no rio. Quando a gente acampa, cada um faz o que quer. É isso que é legal.

— Se eu tivesse trazido as minhas penas a gente podia brincar de índio na barraca — o Eudes disse.

— De índio? — o Joaquim disse. — Onde é que já se viu índio acampar, imbecil?

— Quem é imbecil, eu? — o Eudes perguntou.

— O Eudes tem razão — o Rufino falou —, está muito chato na tua barraca!

— É isso mesmo, o imbecil é você — o Joaquim falou, e fez muito mal porque com o Eudes não dá pra brincar; ele é muito forte e pimba! Ele deu um soco no nariz do Joaquim, que ficou bravo e que começou a lutar com o Eudes. Como não tinha muito lugar na barraca, todo o mundo levava tapa e depois as caixas caíram e deu muito trabalho para sair de baixo do cobertor: estava superengraçado. O Joaquim, então, estava chateado e ele sapateava em cima do cobertor e gritava: "Já que é assim, sai todo o mundo da minha barraca! Eu vou acampar sozinho!"

— Você está zangado de verdade ou só está fazendo de conta? — o Rufino perguntou.

Aí todo o mundo deu risada, e o Rufino também riu com a gente e ficou perguntando:

— O que foi que eu disse de engraçado, pessoal? Hem? O que foi que eu disse de engraçado?

E depois o Alceu disse que já estava ficando tarde e que ele tinha que ir jantar.

— É sim — o Joaquim falou. — Aliás, está chovendo! Rápido! Rápido! Juntem todas as coisas e vamos correr para o carro!

Foi muito legal acampar, e cada um de nós voltou para casa cansado, mas contente. Mesmo se os pais e as mães da gente brigarem porque nós chegamos tão tarde.

E isso não é justo, porque não é culpa nossa se nós ficamos presos num engarrafamento incrível na volta!

A gente falou no rádio

Hoje de manhã a professora disse na classe: "Meninos, tenho uma grande notícia: como parte de uma grande pesquisa que está sendo realizada com os alunos das escolas, repórteres da rádio virão entrevistar vocês."

A gente não disse nada porque ninguém entendeu, menos o Agnaldo; mas não é vantagem nenhuma, porque ele é o queridinho da professora e o primeiro da classe. Então a professora explicou que os moços da rádio iam fazer perguntas para nós, que eles iam fazer isso em todas as escolas da cidade e que hoje era a nossa vez.

— E eu confio em vocês para se comportarem e para falarem de modo inteligente — a professora falou.

Esse negócio de falar no rádio deixou a gente nervoso demais e a professora teve que bater com a régua muitas vezes na mesa para poder continuar a aula de gramática.

E aí a porta da classe abriu e o diretor entrou junto com dois moços, e um deles trazia uma mala.

— De pé! — a professora falou.

— Sentados! — o diretor falou. — Meus meninos, é uma grande honra para a nossa escola receber a visita da rádio que, pela magia das ondas, e graças ao gênio de Marconi, fará as palavras de vocês repercutirem em milhares de lares. Estou certo de que vocês serão sensíveis a essa honra e estarão imbuídos de um sentimento de responsabilidade. Caso contrário, eu os previno, punirei os fantasistas! O cavalheiro aqui lhes explicará o que ele espera de sua participação.

Aí um dos cavalheiros disse que ele ia fazer perguntas para nós sobre as coisas que a gente gostava de fazer, sobre o que a gente lia, e sobre o que a gente aprendia na escola. E depois ele pegou um aparelho na mão e disse: "Isto é um microfone. Vocês vão falar aqui, bem pausadamente, sem medo; e hoje à noite, exatamente às oito horas, vocês vão poder ouvir a sua própria voz, porque tudo vai ser gravado."

E depois o cavalheiro virou para o outro cavalheiro, que tinha aberto a mala em cima da mesa da professora, a mala estava cheia de aparelhos, e que tinha nas orelhas uns troços para escutar. Era como os pilotos num filme que eu vi; mas o rádio não funcionava e como tinha muito nevoeiro eles não conseguiam mais encontrar a cidade pra onde tinham que ir e caíam na água, e era um filme muito legal. E o primeiro cavalheiro disse para o que tinha aquelas coisas nas orelhas:

— Podemos começar, Pedrinho?

— Pode — disse o sr. Pedrinho —, faz um teste de voz.

— Um, dois, três, quatro, cinco; tudo bem? — o outro perguntou.

— Tá no ar, meu Dedé — respondeu o sr. Pedrinho.

— Muito bem — disse o sr. Dedé —, então quem quer ser o primeiro a falar?

— Eu! Eu! Eu! — nós todos gritamos.

O sr. Dedé começou a rir e disse: "Pelo que eu vejo, temos muitos candidatos; então vou pedir à professora para me indicar um de vocês."

E a professora, é claro, disse que o Agnaldo é que devia ser interrogado porque ele era o primeiro da classe. É sempre a mesma coisa com o queridinho, é mesmo, pô!

O Agnaldo foi lá com o sr. Dedé, e o sr. Dedé pôs o microfone na frente da cara dele, e a cara dele estava toda branca.

— Muito bem, quer me dizer o seu nome, garotinho? — perguntou o sr. Dedé.

O Agnaldo abriu a boca e não disse nada. Então o sr. Dedé disse:

— Você se chama Agnaldo, não é?

O Agnaldo fez que sim com a cabeça.

— Parece que você é o primeiro da classe — o sr. Dedé disse. — O que nós gostaríamos de saber é o que você faz para se distrair, as brincadeiras que você prefere... Vamos, responda. O que é isso, não precisa ter medo!

Aí então o Agnaldo começou a chorar, e depois ele ficou com vontade de vomitar, e a professora teve que sair correndo com ele.

O sr. Dedé enxugou a testa, olhou para o sr. Pedrinho e perguntou:

— Será que algum de vocês não tem medo de falar na frente do microfone?

— Eu! Eu! Eu! — nós todos gritamos.

— Muito bem — o sr. Dedé falou —, o gordinho ali, venha cá. Isso mesmo... Então, vamos lá... Como você se chama, garotinho?

— Alcheu — o Alceu falou.

— Alcheu? — o sr. Dedé perguntou, muito admirado.

— Quer me fazer o favor de não falar com a boca cheia? — o diretor falou.

— É que eu estava comendo um *croissant* quando ele me chamou, ora.

— Um *croiss*... Então agora se come na classe? — o diretor gritou. — Muito bem, perfeito! Para o castigo. Resolveremos isso mais tarde; e deixe o seu *croissant* em cima da mesa!

Então o Alceu deu um suspiro fundo, deixou o *croissant* em cima da mesa da professora e foi para o castigo, e começou a comer a brioche que ele tirou do bolso da calça, enquanto o sr. Dedé limpava o microfone com a manga.

— Desculpem os meninos — o diretor falou —, eles são muito jovens e um pouco dispersivos.

— Oh! Já estamos acostumados — o sr. Dedé falou, dando risada. — Na nossa última pesquisa nós entrevistamos os doqueiros grevistas. Não é, Pedrinho?

— Bons tempos aqueles — o sr. Pedrinho disse.

E aí o sr. Dedé chamou o Eudes.

— Como você se chama, garotinho? — ele perguntou.

— Eudes! — o Eudes gritou, e o sr. Pedrinho tirou as coisas que ele tinha nas orelhas.

— Não tão alto — o sr. Dedé falou. — Foi para isso que inventaram o rádio, para a gente ser ouvido longe sem precisar gritar. Vamos começar de novo... Como você se chama, garotinho?

— Ora, Eudes, eu já disse para o senhor — o Eudes falou.

— Mas não — o sr. Dedé disse. — Não é para me dizer que você já me disse. Eu pergunto o seu nome, você me diz e pronto. Tá pronto aí, Pedrinho?... Vamos começar de novo... Como você se chama, garotinho?

— Eudes — o Eudes falou.
— Até que enfim — o Godofredo falou.
— Para fora, Godofredo! — o diretor falou.
— Silêncio! — o sr. Dedé gritou.
— Ei, avisa quando for gritar! — falou o sr. Pedrinho, que tirou as coisas que ele tinha nas orelhas. O sr. Dedé pôs a mão nos olhos, esperou um pouquinho, tirou a mão, e perguntou para o Eudes o que ele gostava de fazer para se distrair.
— Eu sou ótimo no futebol, eu ganho de todo o mundo.
— É mentira — eu disse —, ontem você foi o goleiro e nós cansamos de fazer gols!
— Foi mesmo — o Clotário falou.
— O Rufino tinha apitado impedimento! — o Eudes falou.
— É claro — o Maximiliano disse —, ele estava jogando no teu time. Eu sempre digo que não dá para um jogador ser juiz ao mesmo tempo, mesmo que o apito seja dele.
— Você está querendo levar um murro no nariz? — o Eudes perguntou, e o diretor pôs ele de castigo na quinta-feira depois da aula. Então o sr. Dedé disse que estava gravado, o sr. Pedrinho guardou tudo na mala e os dois foram embora.

Hoje à noite, às oito horas, lá em casa estavam, além do papai e da mamãe, o sr. Durázio e a mulher dele, o sr. Catapreta e a mulher dele, que são os nossos vizinhos, o sr. Barlieiro que trabalha no mesmo escritório do papai, e também estava o tio Eugênio, e nós todos estávamos em volta do rádio para me ouvir falar. A vovó tinha sido avisada tarde demais e não pôde vir, mas ela estava escutando o rádio na casa dela com uns amigos. O papai estava muito orgulhoso e ele passava a mão pelos meus cabelos, fazendo "hé, hé". Todo o mundo estava muito contente!

Mas eu não sei o que foi que aconteceu no rádio; às oito horas só teve música.

Eu fiquei com pena principalmente do sr. Dedé e do sr. Pedrinho. Eles devem ter ficado muito decepcionados!

Maria Edviges

A mamãe me deixou convidar os colegas da escola para virem tomar lanche em casa e eu também convidei a Maria Edviges. A Maria Edviges tem cabelos amarelos, olhos azuis e é a filha do sr. Catapreta e da mulher dele, que moram na casa ao lado da nossa.

Quando os colegas chegaram, o Alceu foi direto para a sala de jantar para ver o que tinha de lanche e quando ele voltou perguntou: "Ainda tem alguém que vai chegar? Eu contei as cadeiras e dá um pedaço de bolo a mais!" Então eu disse que tinha convidado a Maria Edviges e expliquei para eles que era a filha do sr. Catapreta, que mora na casa ao lado da nossa.

— Mas é uma menina — o Godofredo falou.

— Ué, é sim, e daí? — eu respondi.

— A gente não brinca com meninas, poxa — o Clotário falou. — Se ela vier, a gente não fala com ela e não brinca com ela; essa agora, não dá pra acreditar, pô, fora de brincadeira...

— Na minha casa eu convido quem eu quiser — eu disse —, e se você não estiver gostando, eu posso te dar um tapa.

Mas eu não tive tempo para dar o tapa porque a campainha tocou e a Maria Edviges entrou.

Ela estava com um vestido feito do mesmo pano que o forro das cortinas da sala, mas era verde-escuro com uma gola branca cheia de furinhos nas beiradas. A Maria Edviges estava muito legal; mas o chato é que ela tinha trazido uma boneca.

— Como é, Nicolau, você não vai apresentar a sua amiguinha para os colegas? — a mamãe disse.

— Esse é o Eudes — eu disse. — E depois tem o Rufino, o Clotário, o Godofredo e depois o Alceu.

— E a minha boneca — a Maria Edviges falou — se chama Laura; o vestido dela é de seda pura.

Já que ninguém falava nada, a mamãe disse que nós podíamos passar à mesa, que o lanche estava servido.

Maria Edviges estava sentada entre o Alceu e eu. A mamãe serviu o chocolate e os pedaços do bolo; estava muito bom, mas ninguém fazia barulho; parecia até que a gente estava na aula quando vem o inspetor. Aí a Maria Edviges virou para o Alceu e disse para ele:

— Nossa, como você come depressa! Nunca vi ninguém comer tão rápido como você! Que legal!

Depois ela mexeu as pálpebras muito depressa, uma porção de vezes. O Alceu não mexeu nem um pouco com as pálpebras dele; ele olhou a Maria Edviges, engoliu o pedação de bolo que ele tinha dentro da boca, ficou todo vermelho e depois deu uma risada idiota.

— Bah! — o Godofredo falou —, eu consigo comer tão depressa quanto ele, e até mais depressa ainda, se eu quiser!

— Você está brincando — o Alceu falou.

— Oh! Mais depressa do que o Alceu? — a Maria Edviges falou. — Duvido!

E o Alceu deu outra vez a risada idiota dele. Então o Godofredo disse:

— Você vai ver!

E aí ele começou a comer o bolo dele a toda velocidade. O Alceu não podia apostar corrida, porque ele tinha acabado o pedaço de bolo dele, mas os outros entraram na briga.

— Eu ganhei! — o Eudes gritou, espirrando migalhas para tudo quanto é lado.

— Não vale — o Rufino falou —, quase não tinha sobrado bolo no teu prato.

— Imagine! — o Eudes falou. — Tinha um monte!

— Não me faça rir — o Clotário falou. — Quem tinha o pedaço maior era eu, então quem ganhou fui eu!

Eu estava de novo com muita vontade de dar um tapa nesse sacana do Clotário; mas a mamãe entrou e olhou para a mesa com os olhos arregalados:

— Como? — ela perguntou. — Vocês já acabaram o bolo?

— Eu ainda não — respondeu a Maria Edviges, que come pedacinho por pedacinho, e isso leva muito tempo, porque antes de pôr cada pedacinho na boca ela oferece para a boneca; mas a boneca, é claro, não come nada.

— Bom — a mamãe disse —, quando vocês terminarem podem brincar no jardim; está um dia lindo.

E ela foi embora.

— Você está com a bola de futebol? — o Clotário me perguntou.

— Boa idéia — o Rufino falou —, porque para comer pedaços de bolo vocês podem ser muito bons, mas no futebol é outra coisa. Aí eu pego a bola e driblo todo o mundo!

— Não me faça rir — o Godofredo falou.

— Quem é ótimo para dar cambalhota é o Nicolau — a Maria Edviges falou.

— Cambalhota? — o Eudes disse. — Eu sou o melhor em cambalhota. Faz muitos anos que eu dou cambalhotas.

— Você é cara-de-pau mesmo — eu disse —; você sabe muito bem que o campeão de cambalhota sou eu!

— Aposto com você! — o Eudes disse.

E todo o mundo saiu para o jardim, com a Maria Edviges que finalmente tinha terminado o bolo dela.

No jardim, o Eudes e eu logo começamos a dar cambalhotas. Depois o Godofredo disse que a gente não sabia, e ele também deu cambalhotas. O Rufino, esse não é mesmo muito bom, e o Clotário teve que parar logo porque ele perdeu na grama uma bolinha que estava no bolso dele. A Maria Edviges aplaudia e o Alceu com uma das mãos comia um brioche que ele tinha trazido de casa para depois do lanche e com a outra segurava a Laura, a boneca da Maria Edviges. O que eu achei incrível é que o Alceu oferecia pedacinhos de brioche para a boneca; geralmente ele nunca oferece nada, nem para os colegas.

O Clotário, que tinha achado a bolinha dele, disse:

— E isso, vocês sabem fazer?

E ele começou a andar só nas mãos.

— Oh! — a Maria Edviges falou —, é formidável!

Esse negócio de andar só com as mãos é mais difícil do que dar cambalhotas; eu tentei, mas eu sempre caía. O Eudes faz isso muito bem, e ele ficou mais tempo apoiado nas mãos do que o Clotário. Talvez tenha sido porque o Clotário teve que começar de novo a procurar a bolinha, que tinha caído outra vez do bolso dele.

— Andar com as mãos não serve pra nada — o Rufino falou. — Subir em árvore, isso sim que é útil.

E o Rufino começou a subir na árvore; e a gente tem que reconhecer que a nossa árvore não é fácil, porque não tem galhos, e os galhos que ela tem estão todos no alto, perto das folhas.

Então todos nós começamos a rir porque o Rufino segurava a árvore com os pés e com as mãos, mas não ia muito depressa.

— Sai daí, eu vou mostrar pra você — o Godofredo disse.

Mas o Rufino não queria soltar a árvore; então o Godofredo e o Clotário tentaram subir os dois ao mesmo tempo, enquanto o Rufino gritava:

— Olhem só! Olhem só! Estou subindo!

Foi uma sorte o papai não estar lá, porque ele não gosta muito que a gente faça palhaçada com a árvore do jardim. O Eudes e eu dávamos cambalhotas porque não tinha mais lugar na árvore, e a Maria Edviges ficava contando para saber quem dava mais.

Depois a sra. Catapreta gritou do jardim dela:

— Maria Edviges! Venha! Está na hora da aula de piano!

Então a Maria Edviges pegou a boneca dela dos braços do Alceu, fez tchau pra nós com a mão e foi embora.

O Rufino, o Clotário e o Godofredo largaram a árvore, o Eudes parou de dar cambalhota e o Alceu disse:

— Já é tarde, eu vou embora.

E eles todos foram embora.

Foi um dia muito legal e a gente se divertiu muito; mas eu gostaria de saber se a Maria Edviges se divertiu.

É mesmo, a gente não foi muito gentil com a Maria Edviges. Quase não falamos com ela e só brincamos entre nós, como se ela não estivesse ali.

Filatelias

Hoje de manhã o Rufino chegou todo contente na escola. Mostrou pra gente um caderno novinho que ele tinha e na primeira página, no alto, à esquerda, tinha um selo colado. Nas outras páginas não tinha nada.

— Estou começando uma coleção de selos — o Rufino contou para nós.

E ele explicou que o pai dele é que tinha dado a idéia de fazer uma coleção de selos; que isso se chamava filatelia, e também que era muito útil porque olhando os selos a gente aprendia História e Geografia. O pai dele também tinha dito que uma coleção de selos podia valer montes de dinheiro, e que teve um rei da Inglaterra que tinha uma coleção de selos que era muito, muito cara.

— Seria legal — o Rufino disse — se todos vocês fizessem uma coleção de selos; aí então a gente poderia trocar. O papai me disse que é assim que a gente consegue fazer coleções ótimas. Mas os selos não podem estar rasgados e o mais importante é que eles tenham todos os dentes.

Quando eu cheguei em casa para almoçar, pedi logo para a mamãe me dar selos.

— Que novidade é essa agora? — a mamãe perguntou. — Vá lavar as mãos e não me amole com essas suas idéias malucas.

— E para que você quer selos, menino? — o papai me perguntou. — Você vai escrever cartas?

— Não é isso — eu disse —, é para fazer as filatelias, como o Rufino.

— Mas isso é ótimo! — o papai disse. — A filatelia é uma ocupação muito interessante! Colecionando selos a gente aprende uma porção de coisas, principalmente História e Geografia. E depois, você sabe, uma coleção bem feita pode valer muito. Houve um rei da Inglaterra que tinha uma coleção que valia uma verdadeira fortuna!

— É sim — eu disse. — Então a gente vai trocar com os colegas e a gente vai ter coleções incríveis, com selos cheios de dentes.

— Pois é — o papai falou. — Em todo caso eu acho melhor você colecionar selos do que esses brinquedos inúteis que enchem os bolsos das suas calças e a casa toda. Então agora você vai obedecer a mamãe, vai lavar as mãos e vir para a mesa; depois do almoço eu vou dar alguns selos para você.

Depois de comer, o papai procurou na escrivaninha dele e achou três envelopes de onde ele rasgou o canto onde estavam os selos.

— E agora você está a caminho de formar uma coleção incrível! — o papai me disse, dando risada.

E eu dei um beijo nele porque eu tenho o pai mais legal do mundo.

Quando cheguei à escola, hoje à tarde, uma porção de colegas estavam começando coleções; tinha o Clotário que tinha um selo, o Godofredo que tinha um outro e o Alceu que tinha um, mas todo rasgado, horrível, todo cheio de manteiga, e estava faltando uma porção de dentes. A minha coleção, com os três selos, era a mais legal. O Eudes não tinha selos e disse que nós éramos todos uns bobos e que isso não servia para nada; que ele gostava mais de futebol.

— Você é que é bobo — o Rufino falou. — Se o rei da Inglaterra tivesse jogado futebol em vez de colecionar selos, ele nunca teria ficado rico. Vai ver que ele nem teria sido rei.

O Rufino é que estava certo, mas como tocou o sinal para entrar a gente não pôde continuar fazendo filatelias.

No recreio todo o mundo começou a fazer trocas.

— Quem quer o meu selo? — o Alceu perguntou.

— Você tem um selo que está me faltando — o Rufino disse para o Clotário —, eu troco com você.

— Tudo bem — o Clotário falou. — Eu troco o meu selo por dois selos.

— E por que eu vou dar dois selos pelo teu selo, posso saber? — o Rufino perguntou. — Por um selo eu dou um selo.

— Eu troco o meu selo por um selo — o Alceu falou.

Aí o Sopa chegou perto da gente. O Sopa é o nosso inspetor de alunos e ele fica muito desconfiado quando vê todo o

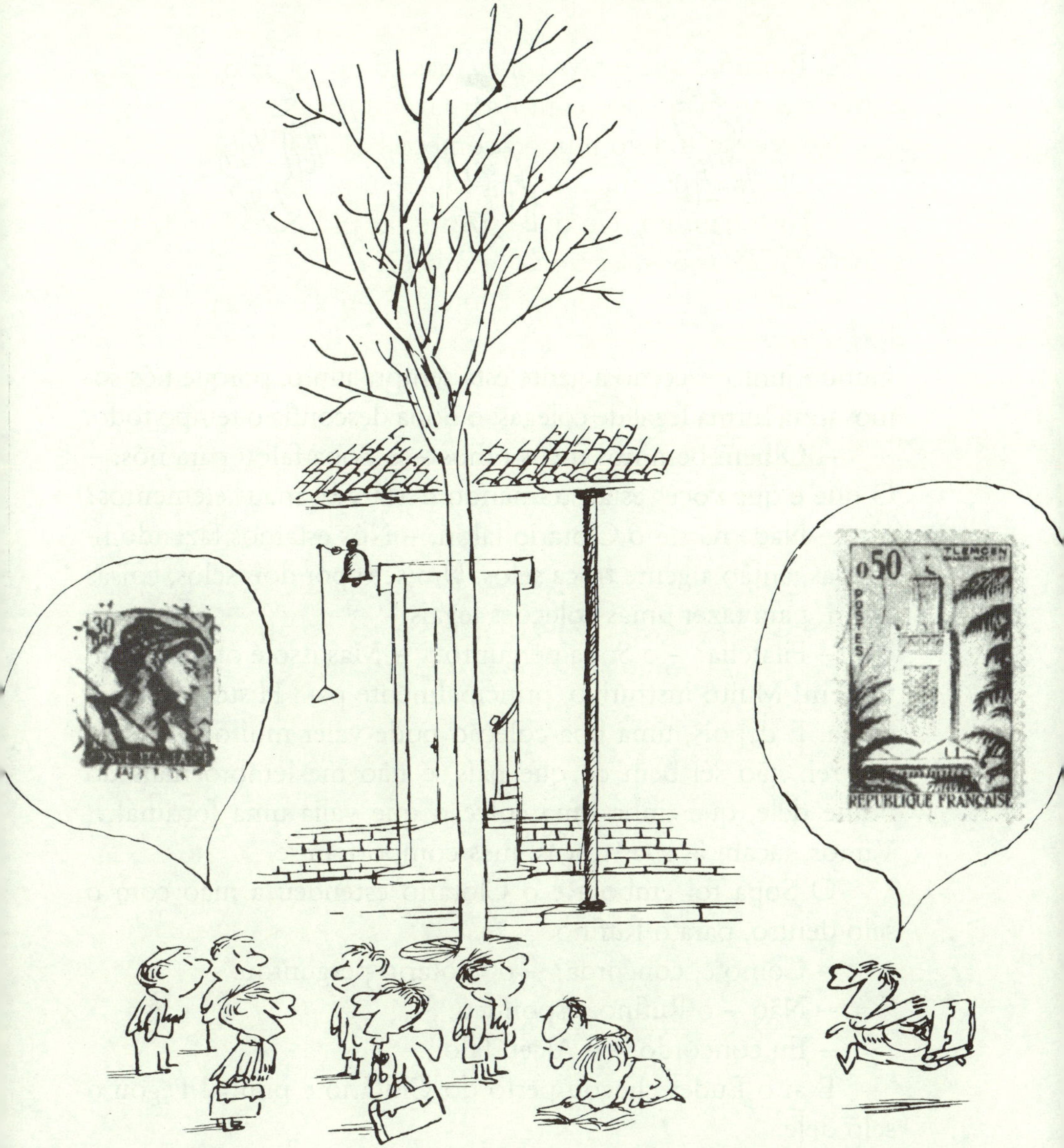
30
o50
TLEMCEN
POSTES
REPUBLIQUE FRANÇAISE

mundo junto, e como a gente está sempre junto, porque nós somos uma turma legal de colegas, o Sopa desconfia o tempo todo.

— Olhem bem nos meus olhos — o Sopa falou para nós. — O que é que vocês estão tramando desta vez, maus elementos?

— Nada não — o Clotário falou. — Nós estamos fazendo filatelias, então a gente troca selos. Um selo por dois selos, coisas assim, para fazer umas coleções legais.

— Filatelia? — o Sopa perguntou. — Mas isso é ótimo! Muito bem! Muito instrutivo, principalmente para História e Geografia. E depois, uma boa coleção pode valer muito... Houve um rei, não sei bem de que país, e não me lembro mais do nome dele, que tinha uma coleção que valia uma fortuna!... Vamos, façam as suas trocas, mas comportem-se.

O Sopa foi embora e o Clotário estendeu a mão com o selo dentro, para o Rufino.

— Como é, concorda? — o Clotário perguntou.

— Não — o Rufino respondeu.

— Eu concordo — o Alceu falou.

E aí o Eudes chegou perto do Clotário e pimba! Pegou o selo dele.

— Eu também vou começar uma coleção! — o Eudes gritou dando risada.

E saiu correndo. O Clotário não estava achando graça e saiu correndo atrás do Eudes, gritanto para ele devolver o selo dele, seu ladrão. Então o Eudes, sem parar, lambeu o selo e colou ele na testa.

— Ei gente! — o Eudes gritou. — Vejam! Eu sou uma carta! Eu sou uma carta aérea!

E o Eudes abriu os braços e correu fazendo "vrum, vrum", mas o Clotário conseguiu dar uma rasteira nele, e o Eudes caiu, e eles começaram uma baita briga, e o Sopa voltou.

— Ah! Eu sabia que não podia confiar em vocês — o Sopa falou —; vocês são incapazes de se distrair inteligentemente! Vamos, vocês dois, direto para o castigo... E você, Eudes, vai me fazer o favor de descolar esse selo ridículo da testa!

— É, mas diga para ele tomar cuidado para não rasgar os dentes — o Rufino falou. — É um dos que estão me faltando.

E o Sopa mandou ele para o castigo junto com o Clotário e o Eudes.

Os únicos colecionadores que sobraram foram o Godofredo, o Alceu e eu.

— Ei, gente! Vocês não querem o meu selo? — o Alceu perguntou.

— Eu troco os teus três selos pelo meu — o Godofredo falou para mim.

— Você está ficando louco? — eu perguntei para ele. — Se você quiser os meus três selos, vai ter que me dar três selos, ora bolas! Por um selo eu dou um selo.

— Eu topo trocar o meu selo por um selo — o Alceu falou.
— E o que é que isso adianta pra mim, são os mesmos selos!
— Como é, vocês não querem o meu selo? — o Alceu perguntou.
— Eu concordo em dar os meus três selos se você me trocar por alguma coisa legal.
— Feito! — o Godofredo falou.
— Muito bem, já que ninguém quer saber do meu selo olha o que eu vou fazer! — o Alceu gritou, e rasgou a coleção dele.

Quando eu cheguei em casa contente pra chuchu, o papai me perguntou:
— E então, jovem filatelista, e a coleção, como vai?
— Bem demais — eu disse.

E mostrei para ele as duas bolinhas que o Godofredo me deu.

Maximiliano, o mágico

O Maximiliano convidou os colegas para tomarem lanche na casa dele e todo o mundo ficou espantado porque o Maximiliano nunca convida ninguém para ir à casa dele. A mãe dele não quer, mas ele explicou para a gente que o tio dele, aquele que é marinheiro mas que eu acho que é mentira dele, que ele não é marinheiro coisa nenhuma, deu uma caixa de mágicas de presente para ele, e fazer mágica quando não tem ninguém para ver não tem graça nenhuma, e foi por isso que a mãe do Maximiliano deixou ele convidar a gente.

Quando eu cheguei, todos os colegas já estavam lá e a mãe do Maximiliano serviu o lanche para nós: tinha chá com leite e pão; nada maravilhoso. Todo o mundo olhava para o Alceu, que estava comendo os dois pãezinhos de chocolate que ele tinha trazido de casa, e não adiantava nada pedir pra ele porque o Alceu, que é um colega muito legal, empresta qualquer coisa desde que não seja de comer.

Depois do lanche, o Maximiliano fez a gente entrar na sala, onde ele tinha colocado as cadeiras em fila, como na casa do Clotário quando o pai dele se fez de palhaço para nós; e o Maximiliano ficou atrás de uma mesa, e na mesa tinha uma caixa

> EU CONHEÇO ESSE TRUQUE. VOU CONTAR PRA VOCÊ.

de mágicas. O Maximiliano abriu a caixa; estava cheio de coisas lá dentro, e ele pegou uma varinha e um dado grande.

— Vocês estão vendo este dado? — o Maximiliano falou. — Ele é muito grande, mas fora isso é igual aos outros dados...

— Não — o Godofredo falou —, ele é oco e dentro dele tem um outro dado.

O Maximiliano abriu a boca e olhou para o Godofredo.

— Como é que você sabe? — o Maximiliano perguntou.

— Eu sei porque eu tenho uma caixa de mágicas igual em casa — o Godofredo respondeu —; foi o meu pai que me deu quando eu fui o décimo segundo em ortografia.

— Então tem um truque? — o Rufino perguntou.

— Não senhor, não tem nada de truque! — o Maximiliano gritou. — O que tem é que o Godofredo é um mentiroso sujo!

— É muito verdade que esse teu dado é oco — o Godofredo falou –, e repete que eu sou um mentiroso sujo que eu te dou um tapa!

Mas eles não brigaram porque a mãe do Maximiliano entrou na sala.

Ela olhou para nós, ficou lá um pouco e depois foi embora, dando um suspiro e levando um vaso que estava em cima da lareira. A história do oco me interessou e então eu cheguei perto da mesa para ver.

– Não! – o Maximiliano gritou. – Não! Volta para o lugar, Nicolau! Você não tem o direito de olhar de perto!

– E por que, posso saber? – eu perguntei.

– Porque tem um truque, claro – o Rufino disse.

– Mas é claro – o Godofredo disse –, o dado é oco, então, quando você põe ele em cima da mesa, o dado que está dentro...

— Se você continuar, você vai voltar pra casa!

E a mãe do Maximiliano entrou na sala e saiu levando uma estatueta que estava em cima do piano.

O Maximiliano então deixou o dado e pegou uma espécie de panelinha.

— Esta panela está vazia — o Maximiliano falou, enquanto mostrava ela para a gente.

E olhou para o Godofredo, mas o Godofredo estava ocupado explicando o truque do dado oco para o Clotário, que não tinha entendido.

— Eu sei — o Joaquim disse —, a panela está vazia e você vai fazer sair uma pomba branquinha.

— Se acontecer isso, é porque tem um truque — o Rufino falou.

— Uma pomba? — o Maximiliano disse. — Não, poxa, de onde você quer que eu tire uma pomba, idiota?

— Eu vi um mágico na televisão, e ele tirava um monte de pombas de todo canto, imbecil é você! — o Joaquim respondeu.

— Para começar — o Maximiliano disse —, mesmo que eu quisesse, eu não ia poder tirar uma pomba da panela; a minha mãe não quer que eu tenha animais em casa; aquela vez que eu trouxe um rato foi uma confusão. E quem é imbecil, quer me dizer?

— Que pena — o Alceu falou —; pomba é tão legal! Não é muito grande, mas com ervilha fica uma delícia! Parece frango.

— Você é que é o imbecil — o Joaquim falou para o Maximiliano.

E a mãe do Maximiliano entrou; eu fico pensando se ela

não estava escutando atrás da porta, e ela disse para a gente se comportar direitinho e prestar atenção no abajur que estava no canto.

Quando a mãe do Maximiliano saiu, ela estava com uma cara muito preocupada...

– A panela é oca como o dado? – o Clotário perguntou.
– A panela inteira não, só o fundo – o Godofredo falou.
– É um truque, ora – o Rufino disse.

Aí o Maximiliano ficou bravo, disse que a gente não era amigo, fechou a caixa de mágica e disse que não ia mais fazer mágica para a gente. E ele ficou emburrado, e ninguém disse mais nada. Então a mãe do Maximiliano entrou correndo.

– O que é que está acontecendo? – ela gritou. – Não estou ouvindo vocês.

— São eles — o Maximiliano falou —; eles não me deixam fazer as mágicas!

— Escutem, crianças — a mãe do Maximiliano falou. — Eu gosto que vocês se divirtam, mas têm que ficar comportados. Senão, vocês vão ter que voltar para casa. Agora eu preciso sair para fazer compras, mas conto com vocês para se comportarem como mocinhos ajuizados; e cuidado com o relógio que está em cima da cômoda.

E a mãe do Maximiliano ainda deu uma olhada para a gente e saiu mexendo a cabeça como se estivesse dizendo não, com os olhos virados para o teto.

— Bom, vocês estão vendo esta bola branca — o Maximiliano falou. — Pois bem, eu vou fazer ela desaparecer.

— É um truque? — o Rufino perguntou.

— Claro — o Godofredo falou —, ele vai esconder a bola e colocá-la no bolso.

— Não senhor! — o Maximiliano gritou. — Não senhor! Eu vou fazer ela desaparecer. É isso mesmo!

— Que nada — o Godofredo falou —, você não vai fazer desaparecer, estou dizendo que você vai esconder ela no bolso!

— Como é, ele vai ou não vai fazer essa bola branca desaparecer? — o Eudes perguntou.

— Eu podia muito bem fazer a bola desaparecer — o Maximiliano falou. — Isso se eu quisesse; mas eu não quero mais porque vocês não são bons colegas, e pronto. E a mamãe tem razão de dizer que vocês são um bando de vândalos.

— Ah! O que foi que eu disse? Para fazer a bola desaparecer tem que ser um mágico de verdade e não um qualquer!

Aí o Maximiliano ficou zangado e correu para cima do Godofredo para dar um tapa nele, e o Godofredo não gostou e jogou a caixa de mágicas no chão. O Godofredo ficou louco da vida, e então ele e o Maximiliano começaram a dar uma porção de tapas um no outro. A gente estava se divertindo muito e aí a mãe do Maximiliano entrou na sala. Ela não estava com a cara nada contente.

— Todo o mundo para casa! Agora mesmo! — a mãe do Maximiliano nos disse.

Então nós fomos embora, e eu estava decepcionado, apesar de ter sido uma tarde muito legal, porque eu gostaria de ver o Maximiliano fazer os passes de mágica dele.

— Bah! — o Clotário disse —, eu acho que o Rufino tem razão; o Maximiliano não é igual aos mágicos de verdade da televisão, com ele é tudo truque.

E no dia seguinte, na escola, o Maximiliano ainda estava chateado com a gente porque, quando ele foi guardar a caixa de mágicas, percebeu que a bola branca tinha desaparecido.

A chuva

Eu gosto de chuva quando é bem, bem forte, porque aí eu não vou à escola e fico em casa e brinco com o trenzinho elétrico. Mas hoje não estava chovendo bastante e eu tive que ir para a escola.

Mas, sabe, com chuva a gente se diverte de qualquer jeito; a gente brinca de levantar a cabeça e abrir a boca para engolir as gotas de água, a gente anda pelas poças e pisa com força para espirrar água nos colegas, a gente brinca de passar por baixo das goteiras, e faz um frio danado quando a água entra pela gola da camisa, porque é claro que não vale passar por baixo da goteira com a capa de chuva abotoada até o pescoço. O chato é que no recreio não deixam ninguém descer para o pátio, para a gente não se molhar.

A luz da classe estava acesa, e era muito esquisito, e uma coisa de que eu gosto muito é de olhar as gotas escorrerem pela janela, até lá embaixo. Parece uns rios. Depois o sinal tocou e a professora disse: "Bom, está na hora do recreio; vocês podem conversar, mas sem bagunça."

Então todo o mundo começou a falar ao mesmo tempo e fazia muito barulho; a gente tinha que gritar alto para os outros ouvirem e a professora deu um suspiro fundo, se levantou e saiu para o corredor deixando a porta aberta, e ela começou a falar com as outras professoras, que não são tão legais como a nossa e é por isso que a gente tenta não deixar ela muito zangada.

– Vamos – o Eudes falou. – Vamos jogar queimada?

– Você está ficando louco? – o Rufino falou. – A professora não vai gostar e depois com certeza a gente vai acabar quebrando um vidro!

– Bom – o Joaquim falou –, é só abrir as janelas!

Isso sim é que foi uma boa idéia, e nós todos fomos abrir as janelas, menos o Agnaldo, que estava recordando a lição de história lendo em voz alta, com as mãos nos ouvidos. O Agnaldo é doido! Então a gente abriu a janela; era legal porque o vento vinha na direção da classe e a gente se divertiu recebendo a água no rosto, e aí a gente ouviu um grito forte: era a professora que tinha acabado de entrar.

– Mas vocês estão loucos! – a professora gritou. – Fechem essa janela imediatamente!

– É por causa do jogo de queimada, professora – o Joaquim explicou.

Então a professora disse que não era nem para pensar em jogar queimada, mandou a gente fechar as janelas e mandou todo o mundo sentar. Mas o problema era que os bancos que ficavam perto das janelas estavam todos molhados e é muito legal receber água no rosto, mas é muito chato sentar em cima. A professora levantou os braços, disse que nós éramos insuportáveis e disse para a gente dar um jeito de caber todo o mundo nos bancos secos. Então fez um pouco de barulho porque cada um ficava procurando um lugar e tinha bancos com cinco colegas, e quando tem mais de três num banco fica muito apertado. Eu estava com o Rufino, o Clotário e o Eudes.

Então a professora bateu com a régua na mesa e gritou: "Silêncio!" Depois ninguém disse nada, só o Agnaldo que não tinha escutado e continuava a recordar a lição de história. É verdade que ele estava sozinho no banco dele porque ninguém tem vontade de sentar do lado desse queridinho nojento, a não ser quando tem prova. Aí o Agnaldo levantou a cabeça e viu a professora e parou de falar.

– Muito bem – a professora falou. – Não quero mais ouvir vocês. Na primeira desobediência vai ter! Entenderam? Agora, distribuam-se melhor pelos bancos, e em silêncio!

Aí então todo o mundo levantou e nós mudamos de lugar sem dizer nada; não era hora de fazer palhaçada, a professora estava com uma cara muito brava! Eu sentei junto com o Godofredo, o Maximiliano, o Clotário e o Alceu, e a gente não estava muito folgado porque o Alceu ocupa um espaço incrível e espalha migalhas pra todo lado com os pãezinhos dele. A professora ficou olhando para nós, um tempão, deu um suspiro fundo e saiu de novo para conversar com as outras professoras.

Depois o Godofredo se levantou, foi até o quadro-negro e desenhou um boneco com giz superengraçado, mesmo sem nariz, e escreveu: "O Maximiliano é um imbecil." Isso fez todo o mundo dar risada, menos o Agnaldo, que tinha voltado para a história dele, e o Maximiliano, que se levantou e foi para cima do Godofredo para dar um tapa nele. É claro que o Godofredo se defendeu, mas a gente tinha acabado de ficar em pé e começar a gritar quando a professora entrou correndo, e ela estava muito vermelha, com os olhos arregalados; fazia pelo menos uma semana que eu não via a professora tão brava assim. E aí, quando ela viu o quadro-negro, foi que piorou tudo.

— Quem fez isso? — a professora perguntou.

— Foi o Godofredo — o Agnaldo respondeu.

— Sua barata nojenta! — o Godofredo gritou, você vai levar um soco, sabia?

— Isso mesmo! — o Maximiliano gritou. — Vai lá Godofredo!

Aí então é que foi terrível. A professora ficou furiosa, e ela bateu com a régua uma porção de vezes na mesa. O Agnaldo começou a gritar e a chorar e disse que ninguém gostava dele, que não era justo, que todo o mundo se aproveitava dele, que ele ia morrer e contar tudo para os pais dele, e todo o mundo estava de pé e todo o mundo gritava; estava muito divertido.

— Sentados! — a professora gritou. — Pela última vez, sentados! Não quero mais ouvir vocês! Sentados!

Então a gente sentou. Eu estava com o Rufino, o Maximiliano e o Joaquim, e o diretor entrou na classe.

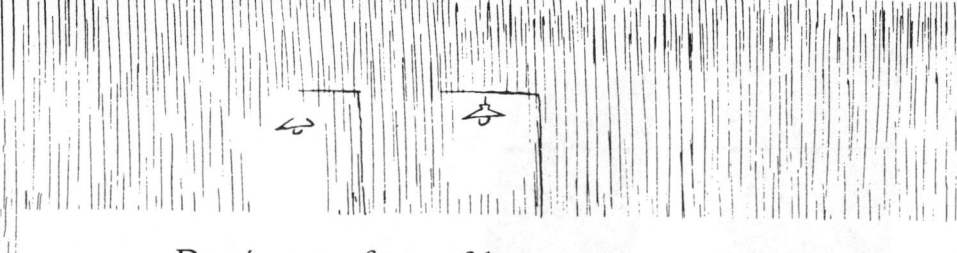

— De pé — a professora falou.
— Sentados! — o diretor falou.
Depois ele olhou para nós e perguntou para a professora:
— O que está acontecendo aqui? Na escola inteira dá para ouvir os seus alunos gritando! É insuportável! E por que tem quatro ou cinco sentados no mesmo banco, se tem tanto banco vazio? Voltem todos para os seus lugares!
Todo o mundo se levantou mas a professora explicou para o diretor a história dos bancos molhados. O diretor ficou surpreso e disse bom, que era para voltar para os lugares de onde a gente tinha acabado de sair. Então eu me sentei com o Alceu, o Rufino, o Clotário, o Joaquim e o Eudes; a gente estava superespremido. Depois o diretor apontou para o quadro-negro e perguntou:
— Quem fez isso? Vamos, depressa!
E o Agnaldo não teve tempo de falar porque o Godofredo se levantou chorando e disse que não era culpa dele.

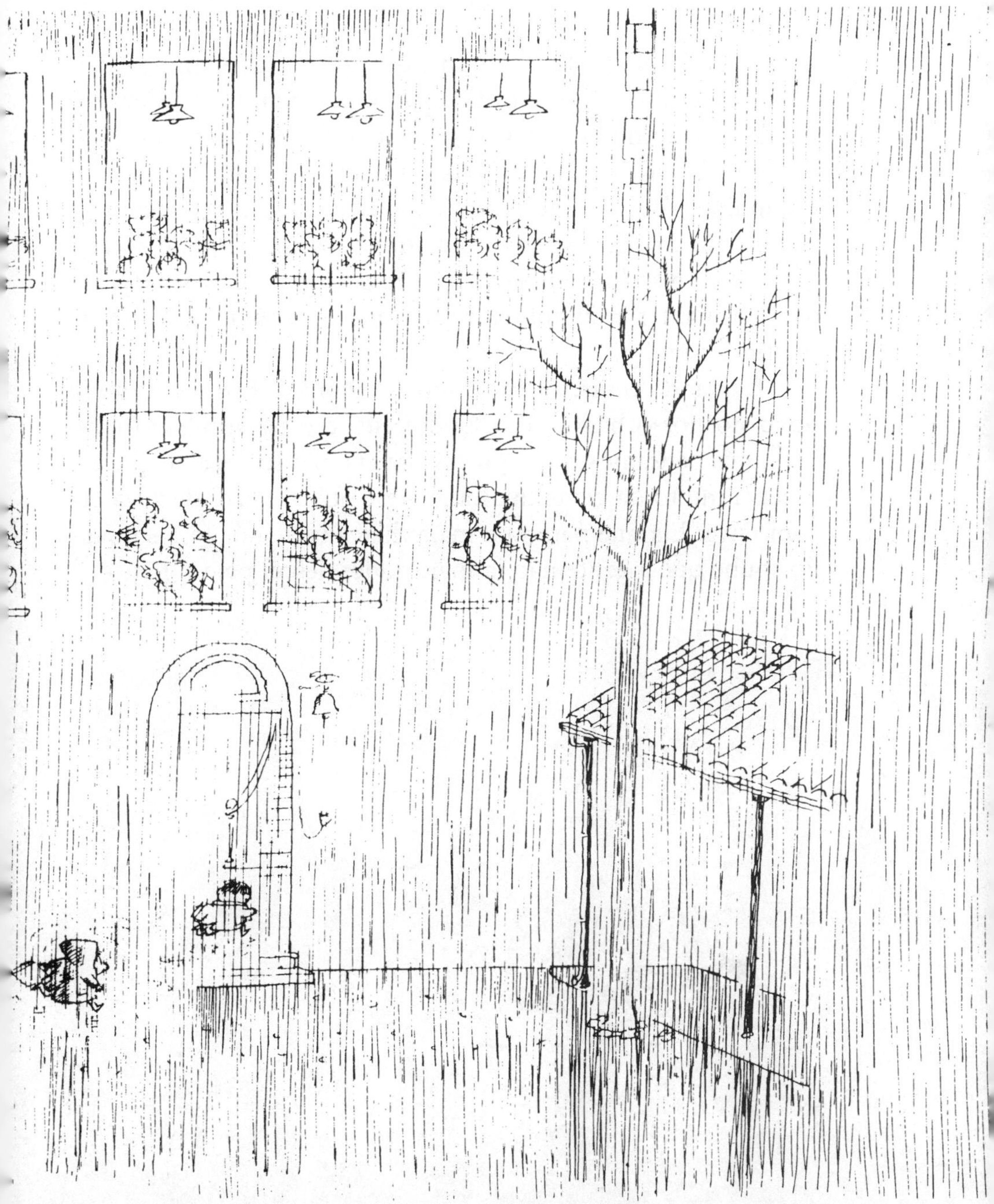

— Tarde demais para arrependimentos e choramingações, meu amiguinho — o diretor falou. — Você está num péssimo caminho, o caminho que leva à penitenciária; mas eu vou fazê-lo perder o hábito de usar palavras grosseiras e insultar seus condiscípulos! Você vai me escrever quinhentas vezes o que escreveu no quadro. Entendeu?... Quanto a vocês, apesar de não estar mais chovendo, não descerão para o pátio hoje. Assim aprenderão a manter a disciplina; ficarão na sala sob a vigilância da sua professora!

E quando o diretor foi embora, quando a gente sentou de novo no nosso banco, e o Godofredo e o Maximiliano também, nós pensamos que a professora era mesmo legal, e que ela gostava muito da gente, mas a gente é que às vezes deixava ela com raiva. Ela que parecia a mais chateada de nós todos quando soube que a gente não ia mais poder descer para o pátio!

O xadrez

Domingo estava fazendo frio e chovendo, mas eu nem estava ligando porque eu tinha sido convidado para tomar lanche na casa do Alceu, e o Alceu é um bom colega que é muito gordo e que gosta muito de comer, e com o Alceu a gente sempre se diverte, mesmo quando a gente briga. Quando cheguei à casa do Alceu, quem veio abrir a porta foi a mãe dele, porque o Alceu e o pai dele já estavam na mesa e estavam me esperando para o lanche.

— Você está atrasado — o Alceu me disse.

— Não fala com a boca cheia — o pai dele falou —, e me passa a manteiga.

Cada um tomou de lanche duas xícaras de chocolate, um doce de creme, pão torrado com manteiga e geléia, salsichão, queijo, e quando a gente terminou o Alceu pediu para a mãe dele se nós podíamos comer um pouco de *cassoulet*[1] que tinha sobrado do almoço, porque ele queria que eu experimentasse; mas a mãe do Alceu respondeu que não, que a gente ia perder o apeti-

---

1. Espécie de cozido de feijão branco e carnes variadas, muito comum na França.

te para o jantar e que, aliás, não tinha mais *cassoulet* do almoço. Em todo caso, eu não estava mais com muita fome, mesmo.

Depois a gente se levantou para ir brincar, mas a mãe do Alceu disse que era para a gente ficar bem comportado e principalmente não fazer bagunça no quarto, porque ela tinha ficado a manhã inteira arrumando.

— Nós vamos brincar com o trem, com os carrinhos, as bolinhas e com a bola de futebol — o Alceu falou.

— Não, de jeito nenhum! — a mãe do Alceu falou. — Não quero que o teu quarto vire uma bagunça. Arranjem uns brinquedos mais tranqüilos!

— Tá certo, o que então? — o Alceu perguntou.

— Tenho uma idéia — o pai do Alceu falou. — Vou ensinar para vocês o jogo mais inteligente que existe! Vão indo para o quarto, que eu já vou.

Então nós fomos para o quarto do Alceu, que é super bem arrumado mesmo, e depois o pai dele chegou com um jogo de xadrez embaixo do braço.

— Xadrez? — o Alceu falou. — Mas nós não sabemos jogar isso!

— Justamente — o pai do Alceu falou —, vou ensinar vocês; é formidável, vocês vão ver.

E é verdade que xadrez é muito interessante! O pai do Alceu mostrou como a gente coloca as peças no tabuleiro (eu sou ótimo no jogo de damas!), mostrou os peões, as torres, os bispos, os cavalos, o rei e a rainha, disse como a gente tinha que fazer para mexer as peças, e isso não é fácil, e também como a gente tinha que fazer para comer as peças do inimigo.

— É como uma batalha com dois exércitos — o pai do Alceu falou —, e vocês são os generais.

Depois o pai do Alceu pegou um peão em cada mão, fechou o punho, mandou eu escolher, eu ganhei as brancas e a gente começou a jogar. O pai do Alceu, que é muito legal, ficou com a gente para dar conselhos e dizer quando a gente se enganava. A mãe do Alceu veio, e ela parecia muito contente de ver a gente sentado em volta da escrivaninha do Alceu, jogando. E depois o pai do Alceu mexeu um bispo e ele disse, dando risada, que eu tinha perdido.

— Muito bem — o pai do Alceu falou —, acho que vocês compreenderam. Então agora o Nicolau vai jogar com as pretas e vocês vão jogar sozinhos.

E ele foi embora com a mãe do Alceu dizendo para ela que tudo é uma questão de jeito, e será que não tinha sobrado mesmo nem um pouquinho do *cassoulet*?

Jogar com as peças pretas só era chato porque elas estavam grudando um pouco, por causa da geléia que o Alceu sempre tem nos dedos.

— A batalha começou – o Alceu falou. – Em frente! Bumm!

E ele avançou um peão. Então eu fiz o meu cavalo avançar, e o cavalo é o mais difícil de fazer andar porque ele vai para a frente e depois então ele vai de lado, mas também é o mais legal porque pode pular.

— Lancelot não tem medo dos inimigos! – eu gritei.

— Avançar! Vrum bum bum, vrum bum bum! – o Alceu respondeu, fazendo como um tambor e avançando uma porção de peões com as costas da mão

— Ei! – eu disse. – Você não pode fazer isso.

— Defenda-se como puder, canalha! – gritou o Alceu, que foi ver comigo um filme cheio de cavaleiros e fortalezas na televisão, na quinta-feira, na casa do Clotário. Então eu também empurrei os meus peões com as duas mãos, imitando o barulho dos canhões e das metralhadoras, ratatatata, e quando os meus peões encontraram os do Alceu teve uma porção que caiu.

— Parado — o Alceu falou —, assim não vale! Você está imitando a metralhadora, e naquele tempo não tinha isso. Era só o canhão, bum! Ou as espadas, tchaf, tchaf! Se for para roubar, então não vale a pena jogar.

Como o Alceu tinha razão eu disse combinado, e nós continuamos a jogar xadrez. Avancei o meu bispo, mas não foi fácil por causa de todos os peões que estavam caídos no tabuleiro, e o Alceu, fazendo com o dedo como no jogo de bolinha, pimba, atirou o meu bispo em cima do meu cavalo, que caiu. Então eu fiz a mesma coisa com a minha torre, que eu mandei pra cima da rainha dele.

— Isso não vale — o Alceu me disse. — A torre avança em linha reta, e você atirou ela de lado como um bispo!

— Vitória! — eu gritei. — Pegamos eles! Em frente, bravos cavaleiros! Pelo rei Artur! Bum! Bum!

E com os dedos eu atirei um monte de peças; estava incrível.

— Espera — o Alceu me disse. — Com os dedos é muito fácil; e se a gente fizesse isso com as bolinhas? As bolinhas são as balas, bum, bum!

— Isso mesmo — eu disse —, mas não vai ter lugar no tabuleiro.

— Ora, isso é fácil — o Alceu falou. — Você fica de um lado do quarto e eu fico do outro. E depois a gente tem que proteger as peças atrás dos pés da cama, da cadeira e da escrivaninha.

Depois o Alceu foi buscar as bolinhas no armário, que estava bem menos arrumado do que o quarto dele, teve um monte de coisas que caíram no tapete, e eu coloquei um peão branco numa mão e um preto na outra, fechei os punhos e mandei o Alceu escolher e ele ganhou as brancas. A gente começou a atirar as bolinhas fazendo "bum!" cada vez, e como as nossas peças estavam bem protegidas era difícil acertar.

— Escuta— eu disse —, e se a gente pegasse os vagões do trenzinho e os carrinhos para serem os tanques?

O Alceu tirou o trem e os carrinhos do armário, a gente colocou os soldadinhos dentro e fez avançar os tanques, vrum, vrum.

— Mas — o Alceu falou —, a gente nunca vai conseguir acertar os soldados com as bolinhas se eles estiverem nos tanques.

— Podemos bombardear eles — eu disse.

Então a gente imitou aviões com as mãos cheias de bolinhas, fazendo vrum, e depois, quando a gente passava por cima dos tanques, largava as bolinhas bum! Mas as bolinhas não faziam nada nos vagões e nos carrinhos; então o Alceu foi buscar a bola de futebol e me deu uma outra bola, vermelha e azul, que tinham comprado para ele ir à praia, e a gente começou a atirar as bolas contra os tanques e estava ótimo! E aí o Alceu deu um chute muito forte e a bola de futebol foi bater na porta e voltou para cima da escrivaninha e derrubou o tinteiro, e a mãe do Alceu entrou.

A mãe do Alceu estava louca da vida. Ela disse para o Alceu que de noite, no jantar, ele não ia poder repetir a sobremesa e disse para mim que estava ficando tarde e que era melhor eu voltar para perto da coitada da minha mãe. E quando eu saí ainda tinha gritaria na casa do Alceu, que estava levando uma bronca do pai.

Foi uma pena a gente não poder continuar, porque o jogo de xadrez estava superlegal! Logo que o tempo ficar bom a gente vai jogar xadrez no terreno baldio.

Porque é claro que não é um jogo para jogar dentro de casa, vrum, bum, bum!

Os médicos

Hoje de manhã quando eu entrei no pátio da escola o Godofredo veio ao meu encontro com uma cara muito chateada. Ele me disse que tinha ouvido os grandes dizerem que os médicos iam vir para fazer os raios na gente. E depois os outros colegas chegaram.

— É tudo mentira — o Rufino falou. — Os grandes estão sempre inventando coisa.

— O que que é mentira? — o Joaquim perguntou.

— Que os médicos vêm hoje de manhã para vacinar a gente — o Rufino respondeu.

— Você acha que não é verdade? — disse o Joaquim, muito preocupado.

— O que que não é verdade? — o Maximiliano perguntou.

— Que os médicos vão vir para fazer operação na gente — respondeu o Joaquim.

— Mas eu não quero, pô! — o Maximiliano gritou.

— O que é que você não quer? — o Eudes perguntou.

— Eu não quero que tirem o meu apendicite — o Maximiliano respondeu

— O que que é apendicite? — o Clotário perguntou.

— Foi o que tiraram de mim quando eu era pequeno – o Alceu respondeu –; então, esses médicos de vocês me fazem é rir muito. E ele riu.

Depois o Sopa – é o nosso inspetor de alunos – tocou o sinal e a gente ficou em fila. Todo o mundo estava chateado, menos o Alceu, que ria, e o Agnaldo, que não tinha escutado nada porque ele estava recordando as lições. Quando a gente entrou na classe, a professora disse:

— Meninos, esta manhã os médicos virão para...

E ela não pôde continuar, porque o Agnaldo pulou da cadeira.

— Médicos? – o Agnaldo gritou. – Eu não quero ir aos médicos! Eu não vou aos médicos! Eu vou dar queixa! E depois eu não posso ir aos médicos porque eu estou doente!

A professora bateu com a régua na mesa, e enquanto o Agnaldo chorava ela continuou:

— Não há motivo nenhum para se assustar, nem para agir como bebês. Os médicos irão apenas passar vocês pelo raio X, isso não dói nada e...

— Mas – o Alceu falou –, pra mim disseram que eles vinham para tirar os apendicites! Os apendicites eu quero mas os raios, nessa eu não entro.

— Os apendicites? — o Agnaldo gritou, e começou a rolar pelo chão.

A professora ficou brava, bateu outra vez com a régua na mesa dela e disse para o Agnaldo ficar calmo, senão ela ia dar um zero em Geografia (era aula de Geografia) para ele e disse que o primeiro que falasse de novo ela mandava expulsar da escola. Então ninguém mais disse nada, só a professora:

— Muito bem — ela disse. — O raio X é só uma fotografia para ver se os pulmões de vocês estão bons. Aliás, com certeza vocês já devem ter passado pelo raio X, e sabem o que é. Por isso é inútil ficar com histórias; isso não vai adiantar nada.

— Mas professora — o Clotário começou —, os meus pulmões...

— Deixe os seus pulmões sossegados e venha para o quadro-negro dizer o que você sabe sobre os afluentes do rio Loire — a professora falou.

O Clotário tinha acabado de ser chamado e mal tinha chegado ao castigo quando o Sopa entrou.

— É a vez da sua classe, senhorita — o Sopa falou.

— Muito bem — a professora falou. — De pé, em silêncio e em fila.

— Mesmo os que estão de castigo? — o Clotário perguntou.

Mas a professora não pôde responder para ele porque o Agnaldo começou a chorar e a gritar que ele não ia e que se tivessem avisado ele teria trazido uma justificação dos pais dele, e que amanhã ele ia trazer uma, e ele se segurava com as duas mãos na carteira e dava pontapés para todos os lados. Então a professora deu um suspiro e chegou perto dele.

— Escuta, Agnaldo — a professora disse pra ele. — Eu garanto para você que não há nada do que ter medo. Os médicos não vão nem tocar em você; e depois, você vai ver, é muito divertido: os médicos vieram num caminhão grande e a gente sobe no caminhão por uma escadinha. E no caminhão é mais bonito do que tudo o que você já viu. E depois, olha: se você ficar bonzinho, eu prometo que faço uma chamada oral de matemática para você.

— Sobre frações? — o Agnaldo perguntou.

A professora disse que sim, então o Agnaldo largou a carteira e ficou em fila com a gente, tremendo muito e fazendo "hu hu hu" bem baixinho o tempo todo.

Quando nós descemos para o pátio, cruzamos com os grandes que estavam voltando para a classe.

— Ei! Dói muito? — o Godofredo perguntou para eles.

— É horrível! — um grande respondeu. — Queima, pica, coça, e eles vem com umas facas enormes e é sangue pra todo lado!

E todos os grandes foram embora dando risada e o Agnaldo rolou no chão e ficou doente e o Sopa teve que vir pegar ele nos braços para levar à enfermaria. Na frente da porta da escola tinha um caminhão branco, grande pra chuchu, com uma escadinha para subir por trás e outra para descer, do lado, na frente. Muito legal. O diretor estava falando com um médico que tinha um avental branco.

— São esses aí, aqueles de quem eu falei.

— Não se preocupe, sr. Diretor — o médico falou —, estamos acostumados; conosco eles vão andar na linha. Tudo vai correr bem, com calma e em silêncio.

Então nós ouvimos uns gritos terríveis; era o Sopa que vinha arrastando o Agnaldo pelo braço.

— Acho que o senhor devia começar por este aqui; ele é um pouco nervoso — o Sopa disse.

Então um dos médicos pegou o Agnaldo no colo e o Agnaldo dava uma porção de pontapés e dizia que era para largar ele, que tinham prometido para ele que os médicos não iam tocar nele, que todo o mundo mentia e que ele ia dar queixa na polícia. Depois o médico entrou no caminhão com o Agnaldo, e a gente ainda ouviu gritos e depois uma voz grossa que disse: "Pare de mexer! Se você continuar esperneando eu levo você para o hospital!" E depois teve os "hu hu hu" e nós vimos o Agnaldo descer pela porta do lado com um sorriso grande no rosto e ele entrou correndo na escola.

— Bem — um dos médicos falou, enxugando o rosto. — Os cinco primeiros, em frente! Como soldadinhos!

E como ninguém se mexeu o médico apontou cinco com o dedo.

— Você, você, você, você e você — o médico falou.

— Por que nós e não ele? — o Godofredo perguntou, mostrando o Alceu.

— É mesmo — a gente falou, o Rufino, o Clotário, o Maximiliano e eu.

— O doutor falou você, você, você, você e você — o Alceu disse. — Não eu! Então é para você ir, e você, e você, e você, e você. Não eu!

— Ah, é? Pois bem, se você não vai, nem ele, nem ele, nem ele, nem ele e nem eu, nós não vamos! — o Godofredo respondeu.

— Como é, já acabaram? — o médico gritou. — Vamos, vocês cinco, subam! E rápido!

Então nós subimos: era muito legal no caminhão; um médico escreveu os nomes da gente, fizeram a gente tirar as camisas, puseram um de cada vez atrás de um pedaço de vidro, e disseram que estava terminado e para a gente vestir a camisa.

— É legal o caminhão! — o Rufino falou.

— Você viu a mesinha? — o Clotário falou.

— Para viajar deve ser formidável! — eu disse.

— E isso aqui, como é que funciona? — o Maximiliano perguntou.

— Não mexam em nada! — o médico gritou. — E desçam! Estamos com pressa! Vamos, fora... Não! Por trás não! Por aqui! Por aqui!

Mas como o Godofredo, o Clotário e o Maximiliano tinham ido para trás para descer, deu uma baita confusão com os colegas que estavam subindo. E então o médico que estava na porta de trás segurou o Rufino que tinha dado a volta e que queria subir de novo no caminhão, e perguntou se ele já não tinha passado pelo raio X.

— Não — o Alceu falou —, fui eu que ja passei pelo raio X.

— Como é que você se chama? — o médico perguntou.

— Rufino — o Alceu falou.

— Vai me fazer mal! — o Rufino falou.

— Você aí, não suba pela porta da frente! — um médico gritou.

E os médicos continuaram trabalhando com uma porção de colegas que subiam e desciam, e com o Alceu que explicava para um médico que não precisava fazer com ele porque ele não tinha mais apendicite. Depois o motorista do caminhão se debruçou e perguntou se podia ir embora, que eles estavam muito atrasados.

— Vai! — gritou um médico no caminhão. — Já passou todo o mundo menos um, Alceu, que deve ter faltado!

E o caminhão foi embora e o médico que estava discutindo com o Alceu na calçada olhou para trás e gritou: "Ei! Esperem por mim!" Mas os do caminhão não escutaram; vai ver que foi porque todo o mundo estava gritando.

O médico estava louco da vida; mas nós e os médicos estávamos quites, já que eles tinham deixado um dos médicos deles mas tinham levado um dos nossos colegas, o Godofredo, que tinha ficado no caminhão.

A livraria nova

Abriu uma livraria nova bem perto da escola, lá onde antes tinha uma tinturaria, e na saída a gente foi lá ver.

A vitrina da livraria é muito legal com uma porção de revistas, jornais, livros, canetas e nós entramos e o moço da livraria quando viu a gente deu um sorriso grande e disse:

— Ora, ora! Aqui estão os clientes. Vocês são da escola ao lado? Tenho certeza de que vamos ser bons amigos. Eu me chamo Escarapenas.

— E eu Nicolau — eu disse.

— E eu Rufino — o Rufino disse.

— E eu Godofredo — o Godofredo disse.

— O senhor tem a revista *Problemas socioeconômicos do mundo ocidental*? — perguntou um senhor que acabava de entrar.

— E eu Maximiliano — o Maximiliano falou.

— Sim, err.. muito bem, garotinho — o sr. Escarapenas disse. — Vou atendê-lo imediatamente, cavalheiro — e ele começou a procurar num monte de revistas e o Alceu perguntou para ele:

— E esses cadernos, quanto custam?

— Hmm? O quê? — o sr. Escarapenas disse. — Ah! Esses aí? Cinqüenta francos, meu filho.

— Na escola, eles vendem pra nós por trinta francos — o Alceu falou.

O sr. Escarapenas parou de procurar a revista do homem, se virou e disse:

— Como, trinta francos? Cadernos quadriculados de 100 folhas?

— Ah, não — o Alceu falou —, os da escola têm 50 folhas. Posso dar uma olhada no caderno?

— Pode — o sr. Escarapenas disse —, mas limpe bem as mãos antes; elas estão cheias de manteiga por causa dos teus pãezinhos.

— Como é, o senhor tem ou não tem a minha revista *Problemas socioeconômicos do mundo ocidental*? — o homem perguntou.

— Tenho sim, cavalheiro, tenho sim, já acho já — o sr. Escarapenas disse. — Acabei de me instalar e ainda não me organizei direito... O que é que você está fazendo aí?

E o Alceu, que tinha entrado por trás do balcão, disse para ele:

— Como o senhor estava ocupado, eu mesmo fui pegar o caderno, aquele que o senhor disse que tem 100 folhas.

— Não! Não toca nele! Você vai derrubar tudo! — o sr. Escarapenas gritou. — Passei a noite toda arrumando... Pronto, aqui está o caderno, e não espalhe migalhas com esse *croissant*!

Depois o sr. Escarapenas pegou uma revista e disse:

— Ah! Aqui estão os *Problemas socioeconômicos do mundo ocidental*. Mas como o homem que queria comprar a revista tinha ido embora, o sr. Escarapenas deu um suspiro fundo e guardou a revista de novo no lugar dela.

— Olha! — o Rufino disse, pondo o dedo numa revista —, isso é a revista que a mamãe lê todas as semanas.

— Ótimo — o sr. Escarapenas disse —; pois é, agora a sua mãe podia comprar a revista dela aqui.

— Mas não dá — o Rufino falou. — A mamãe nunca compra a revista. É a sra. Vasodeflor, que mora pegado à nossa casa, que dá a revista para a mamãe depois de ler. E a sra. Vasodeflor também não compra a revista; ela recebe pelo correio todas as semanas.

O sr. Escarapenas olhou para o Rufino sem dizer nada, e o Godofredo me puxou pelo braço e me disse: "Vem ver." E eu fui e na parede tinha montes e montes de revistas em quadrinhos. Superlegal! A gente começou a olhar as capas, depois virou as capas para ver dentro, mas não dava para abrir direito por causa dos prendedores que seguravam as revistas. A gente não teve coragem de tirar os prendedores porque podia ser que o sr. Escarapenas não gostasse e a gente não queria atrapalhar ele.

— Olha — o Godofredo me disse —, eu tenho este. É uma história de aviadores, vrummm. Tem um que é muito corajoso mas toda vez tem uns caras que querem fazer alguma coisa com o avião dele para ele cair; mas quando o avião cai não é o aviador que está dentro mas um colega. Então todos os outros aviadores pensam que foi o aviador que fez o avião cair para se livrar do colega, mas não é verdade, e depois o aviador descobre os verdadeiros bandidos. Você não leu?

— Não — eu disse. — Eu li a história do caubói e a mina abandonada, sabe? Quando ele chega, tem uns caras mascarados que começam a atirar nele. Bang! bang! bang! bang!

— O que está acontecendo? — gritou o sr. Escarapenas, que

estava ocupado dizendo para o Clotário não brincar com a coisa que gira, aquela que fica cheia de livros para as pessoas escolherem e comprarem.

— Estou explicando para ele uma história que eu li — eu disse para o sr. Escarapenas.

— O senhor não tem? — o Godofredo perguntou.

— Que história — perguntou o sr. Escarapenas, que estava se penteando de novo com os dedos.

— É um caubói — eu disse —, que chega numa mina abandonada. E na mina tem uns caras que estão esperando ele, e...

— Eu já li! — o Eudes gritou. — E os caras começam a atirar: Bang! bang! bang!...

— ...Bang! E depois o xerife diz: "Bom dia, forasteiro" — eu disse —, "não gostamos de curiosos por aqui..!"

— Isso mesmo — o Eudes disse —, aí então o caubói saca o revólver dele e bang! bang! bang!

— Chega! — o sr. Escarapenas falou.

— Eu prefiro a minha história de aviador — o Godofredo falou. — Vrumm! bumm!

— Essa tua história de aviador me dá vontade de rir — eu disse. — Perto da minha história de caubói, essa tua história de aviador é completamente idiota.

— Ah é? — o Godofredo falou —, pois a tua história de caubói é mais completamente idiota ainda, pronto!

— Você está querendo levar um soco no nariz? — o Eudes perguntou.

— Crianças!... — o sr. Escarapenas gritou.

Depois a gente ouviu um barulhão e aquele negócio cheio de livros caiu no chão.

— Eu quase nem encostei! — gritou o Clotário, que tinha ficado todo vermelho.

O sr. Escarapenas estava muito bravo e disse:

— Bom, agora chega! Não toquem em mais nada. Vocês querem comprar alguma coisa ou não?

— 99... 100! — o Alceu falou. — É mesmo, esse seu caderno tem 100 folhas, não era brincadeira. Que legal; eu até que compraria ele.

O sr. Escarapenas tirou o caderno das mãos do Alceu, e isso foi fácil porque as mãos do Alceu estão sempre escorregando; ele olhou para o caderno e disse:

— Ô desastrado, você sujou todas as páginas com os teus dedos. Bom, azar seu, são cinqüenta francos.

— É – o Alceu falou –, mas eu não tenho dinheiro. Então lá em casa, na hora do almoço, eu vou pedir para o meu pai se ele me dá. Mas não dou muita certeza, porque eu fiz travessura ontem e o papai disse que ia me dar castigo.

E como já era tarde nós todos fomos embora gritando: "Até logo, sr. Escarapenas!"

O sr. Escarapenas não respondeu; ele estava ocupado olhando o caderno que o Alceu talvez vá comprar.

Eu estou contente com a livraria nova, e sei que agora a gente sempre vai ser muito bem recebido lá. Porque, como a mamãe diz: "A gente deve sempre se tornar amigo dos comerciantes, porque aí eles se lembram de nós e nos atendem bem…"

O Rufino está doente

A gente estava na aula fazendo um problema de matemática muito difícil que falava de um fazendeiro que vendia uma porção de ovos e de maçãs, e então o Rufino levantou a mão.

— Pois não, Rufino? — a professora falou.

— Posso ir lá fora, professora? — o Rufino perguntou —; eu estou doente.

A professora mandou o Rufino ir até a mesa dela; olhou para ele, pôs a mão em cima da testa dele e disse:

— Parece que você não está muito bem, mesmo. Pode sair; vá até a enfermaria pedir para cuidarem de você.

E o Rufino saiu todo contente, sem terminar o problema dele. Então o Clotário levantou a mão e a professora mandou ele conjugar o verbo: "Eu não devo fingir que estou doente para arranjar uma desculpa para ser dispensado de resolver o meu problema de matemática." Em todos os tempos e em todos os modos.

No pátio, na hora do recreio, nós vimos o Rufino e fomos falar com ele.

— Você foi à enfermaria? — eu perguntei.

— Não, eu me escondi até a hora do recreio — o Rufino me respondeu.

— E por que você não foi para a enfermaria? — o Eudes perguntou.

— Eu não sou louco — o Rufino falou. — A última vez que eu fui na enfermaria eles puseram iodo no meu joelho e ardeu pra burro.

Então o Godofredo perguntou para o Rufino se ele estava doente de verdade e o Rufino perguntou se ele queria levar um soco e isso fez o Clotário dar risada, e eu não me lembro mais muito bem o que os colegas disseram e como foi que aconteceu, mas logo estava todo o mundo brigando em volta do Rufino que tinha se sentado para ver a gente e que gritava: "Vai! Vai!"

É claro que o Alceu e o Agnaldo, como sempre, não brigaram. O Agnaldo porque estava recordando a lição e também porque a gente não pode bater nele por causa dos óculos; e o Alceu porque ele tinha que acabar duas fatias de pão antes de terminar o recreio.

Depois o sr. Moscadassopa chegou correndo. O sr. Moscadassopa é um novo inspetor de alunos que não é muito velho e que ajuda o Sopa, que é o nosso verdadeiro inspetor, a inspecionar a gente. Porque uma coisa é verdade mesmo: apesar de a gente se comportar bem, ser inspetor no recreio dá muito trabalho.

— Muito bem — o sr. Moscadassopa disse —, o que está acontecendo agora, bando de pequenos selvagens. Vou deixar todos vocês de castigo depois da aula.

— Eu não — o Rufino falou —; eu estou doente.

— É mesmo — o Godofredo disse.

— Quer levar um tapa? — o Rufino perguntou.

— Silêncio! — o sr. Moscadassopa disse. — Silêncio senão eu garanto que vocês todos vão ficar doentes!

Então ninguém mais falou nada e o sr. Moscadassopa disse para o Rufino se aproximar.

— O que você tem? — o sr. Moscadassopa perguntou para ele.

O Rufino disse que não estava se sentindo bem.

— Você avisou aos seus pais? — o sr. Moscadassopa perguntou.

— Avisei — o Rufino falou —, eu disse hoje de manhã para a mamãe.

— E então — o sr. Moscadassopa disse —, por que ela deixou você vir à escola?

— Bom — o Rufino explicou —, eu digo para ela todas as manhãs que eu não estou me sentindo bem. Então, é claro que ela não pode saber. Mas desta vez não era brincadeira.

O sr. Moscadassopa olhou para o Rufino, coçou a cabeça e disse pra ele que ele tinha que ir para a enfermaria...

— Não! — o Rufino gritou.

— Como, não? — o sr. Moscadassopa disse. — Se você está doente, tem que ir à enfermaria. E quando eu digo uma coisa você tem que obedecer!

E o sr. Moscadassopa pegou o Rufino pelo braço, mas o Rufino começou a gritar: "Não! Não, eu não vou! Eu não vou!", e ele rolou pelo chão chorando.

— Não bata nele — falou o Alceu, que tinha acabado de comer o último pãozinho —; não esta vendo que ele está doente?

O sr. Moscadassopa olhou para o Alceu com os olhos arregalados.

— Mas eu não... — ele começou a dizer, e depois ele ficou todo vermelho e gritou para o Alceu não se meter onde não era chamado e deu um castigo para ele.

— Essa agora é a maior! – o Alceu gritou. – Quer dizer que eu vou ficar de castigo porque esse idiota está doente?

— Você quer levar um tapa? – o Rufino parou de chorar e perguntou.

— Isso mesmo – o Godofredo disse.

E nós todos começamos a gritar ao mesmo tempo e a discutir; o Rufino sentou para ver a gente e o Sopa veio correndo.

— Então, sr. Moscadassopa, algum problema?

— É por causa do Rufino, que está doente – o Eudes falou.

— Não lhe perguntei nada — o Sopa falou. — Sr. Moscadassopa, castigue esse menino, por favor.

E o sr. Moscadassopa mandou o Eudes ficar de castigo depois da aula, o que deixou o Alceu bem contente, porque é muito mais divertido quando a gente fica de castigo com colegas.

Depois o sr. Moscadassopa explicou para o Sopa que o Rufino não queria ir para a enfermaria e que o Alceu tinha ousado dizer para ele não bater no Rufino e que ele nunca tinha batido no Rufino e que a gente era insuportável, insuportável, insuportável. O sr. Moscadassopa disse isso três vezes, com uma voz que na última vez parecia a da mamãe quando eu deixo ela com raiva.

O Sopa passou a mão no queixo, e depois ele pegou o sr. Moscadassopa pelo braço, foi com ele um pouco mais longe, pôs a mão no ombro dele e falou baixinho com ele uma porção de tempo. Depois o sr. Moscadassopa e o Sopa vieram na nossa direção.

— Você vai ver, meu jovem — o Sopa falou, com um sorriso grande na boca.

E então ele chamou o Rufino com o dedo.

— Você vai fazer o favor de vir comigo à enfermaria, sem fazer palhaçada. Entendido?

— Não! — o Rufino gritou. E ele rolou pelo chão chorando e gritando: "Nunca! Nunca! Nunca!"

— Não força ele — o Joaquim falou.

Aí é que foi terrível, o Sopa ficou todo vermelho, deixou o Joaquim de castigo depois da aula e também o Maximiliano, que estava dando risada. O que eu achei esquisito é que agora o sorriso grande estava era na boca do sr. Moscadassopa.

Depois o Sopa disse para o Rufino:

— Para a enfermaria! Imediatamente! E sem discussão!

E o Rufino viu que não era mais hora para brincadeira, e ele disse que tudo bem, de acordo, ele ia, mas com a condição de ninguém pôr iodo no joelho dele.

— Iodo? — o Sopa falou. — Ninguém vai pôr iodo em você. Mas quando você ficar bom, venha falar comigo. Temos uma pequena conta para acertar. Agora, vá com o sr. Moscadassopa.

E nós todos fomos para a enfermaria, e o Sopa começou a gritar:

— Todos, não! Só o Rufino! A enfermaria não é pátio de recreio! E depois, pode ser contagioso!

Aí todos nós começamos a rir, menos o Agnaldo que sempre tem medo de ser contaminado pelos outros.

E aí, depois, o Sopa tocou o sinal e nós fomos para a classe, enquanto o sr. Moscadassopa acompanhava o Rufino até a casa dele. O Rufino tem sorte; a gente tinha aula de gramática.

E quanto à doença, ainda bem que não é nada grave.

O Rufino e o sr. Moscadassopa estão com rubéola.

MAS O SENHOR ESTÁ DOENTE!

Os atletas

Não sei se já contei para vocês que no meu quarteirão tem um terreno baldio onde às vezes a gente vai brincar com os colegas.

O terreno baldio é superlegal! Tem mato, pedras, um colchão velho, um carro que não tem mais rodas, mas que ainda é muito legal e que serve de avião, vrumm, ou de ônibus, ding, ding; tem latas e às vezes também tem gatos; mas com eles é difícil brincar porque quando vêem a gente eles vão embora.

Todo o mundo estava no terreno baldio pensando do que ia brincar, já que tinham tomado a bola de futebol do Alceu até o fim do trimestre.

— E se a gente brincasse de guerra? — o Rufino perguntou.

— Você sabe muito bem que sempre que a gente quer brincar de guerra a gente briga, porque ninguém quer ser o inimigo — o Eudes respondeu.

— Tenho uma idéia — o Clotário falou. — E se a gente fizesse um campeonato de atletismo?

E o Clotário explicou que ele tinha visto isso na televisão e que era muito legal. Que tinha uma porção de provas, que todo o mundo fazia uma porção de coisas ao mesmo tempo, e que os melhores eram os campeões e que faziam eles subirem numa escadinha e que davam medalhas para eles.

— E a escadinha e as medalhas, onde é que você vai arranjar?

— A gente faz de conta — o Clotário respondeu.

Era uma boa idéia e então a gente concordou.

— Bom — o Clotário falou —, a primeira prova vai ser de salto em altura.

— Eu não salto — o Alceu falou.

— Tem que saltar — o Clotário falou. — Todo o mundo tem que saltar!

— Não senhor — o Alceu falou. — Agora eu estou comendo e se eu saltar vou me sentir mal, e se eu me sentir mal não vou poder acabar os meus pãezinhos antes do jantar. Eu não vou saltar.

— Bom — o Clotário falou. — Você vai segurar o barbante que a gente vai ter que pular por cima. Porque precisa de um barbante.

Então nós procuramos nos bolsos, achamos bolinhas, botões, selos e um caramelo, mas nenhum barbante.

— É só usar um cinto — o Godofredo falou.

— Claro que não, não vai dar pra pular direito se a gente tiver que segurar as calças ao mesmo tempo.

— O Alceu não vai pular — o Eudes falou. — Então ele empresta o cinto.

— Eu não tenho cinto — o Alceu falou. — A minha calça não cai.

— Eu vou procurar no chão pra ver se acho um pedaço de barbante — o Joaquim falou.

O Maximiliano disse que procurar um pedaço de barbante num terreno baldio era um trabalho desgraçado, e que não ia dar para a gente passar a tarde toda procurando um pedaço de barbante e que a gente devia fazer outra coisa.

— Ei, pessoal! E se a gente fizesse um concurso para ver quem anda mais tempo com as mãos? Olhem pra mim! Olhem pra mim!

E o Godofredo começou a andar apoiado nas mãos, e ele é muito bom nisso; mas o Clotário disse para ele que nunca tinha visto prova de andar com as mãos em campeonato de atletismo, seu imbecil.

— Imbecil? Quem que é imbecil? — o Godofredo parou de andar e perguntou.

E o Godofredo ficou em pé direito e foi brigar com o Clotário.

— Ei, pessoal, se for para brigar e fazer palhaçada não vale a pena vir para o terreno baldio. Isso a gente pode muito bem fazer na escola.

E ele tinha razão, por isso o Clotário e o Godofredo pararam de brigar e o Godofredo disse para o Clotário que pegava ele onde ele quisesse, quando quisesse e como quisesse.

— Eu não tenho medo de você, Bill — o Clotário falou. — No rancho nós sabemos lidar com os coiotes da sua espécie.

— Como é — o Alceu falou —, a gente vai brincar de caubói ou vocês vão saltar?

— Você já viu pular sem barbante? — o Maximiliano perguntou.

— Sim, moço — o Godofredo falou. — Saca!

E o Godofredo fez pam! pam! com o dedo como se fosse um revólver, e o Rufino segurou a barriga com as duas mãos e disse: "Você me pegou, Tom!", e ele caiu na grama.

— Já que a gente não pode saltar — o Clotário falou —, vamos apostar corrida.

— Se a gente tivesse barbante, dava pra fazer corrida com barreiras — o Maximiliano falou.

O Clotário disse que já que não tinha barbante a gente podia fazer 100 metros, da cerca até o carro.

— E isso dá 100 metros? — o Eudes perguntou.

— E o que é que tem? – o Clotário falou. – O primeiro que chegar ao carro ganha os 100 metros, e azar dos outros.

Mas o Maximiliano disse que não ia ser como as corridas de 100 metros de verdade, porque nas corridas de verdade tem uma fita na chegada e o vencedor arrebenta a fita com o peito, e o Clotário disse para o Maximiliano que ele já estava começando a encher com o barbante dele, e o Maximiliano respondeu que a gente não devia ficar se metendo a organizar provas de atletismo quando não tem barbante, e o Clotário respondeu que ele não tinha barbante mas tinha mão e que ele ia enfiar ela na cara do Maximiliano. E o Maximiliano pediu para ele tentar só pra ver, e o Clotário teria conseguido se o Maximiliano antes não tivesse dado um pontapé nele.

Quando eles acabaram de brigar, o Clotário estava muito chateado. Ele disse que a gente não entendia nada de atletismo, e que nós éramos uns coitados, e depois vimos o Joaquim que vinha correndo todo contente:

— Ei, pessoal, olha só! Achei um pedaço de arame!

Então o Clotário disse que era muito legal e que a gente ia poder continuar o campeonato, e que como todo o mundo já estava meio cheio das provas de salto e corrida a gente ia atirar o martelo. O Clotário explicou que o martelo não era um martelo de verdade, mas um peso amarrado a um barbante, que a gente fazia girar muito depressa e largava. Quem atirasse o martelo mais longe, era o campeão. O Clotário fez o martelo com o pedaço de arame e uma pedra presa na ponta.

— Eu começo, porque fui eu que tive a idéia – o Clotário falou. – Vocês vão ver que arremesso!

O Clotário começou a dar voltas uma porção de vezes com o martelo e depois ele largou.

A gente parou o campeonato de atletismo e o Clotário disse que ele era o campeão, mas os outros diziam que não, que já que eles não tinham atirado o martelo ninguém podia saber quem tinha sido o campeão.

Mas eu acho que o Clotário tinha razão. De qualquer jeito ele ia ganhar porque o arremesso foi bom mesmo, desde o terreno baldio até a vitrina da mercearia do sr. Compani!

O código secreto

Vocês já repararam que falar com os colegas na classe é muito difícil e toda hora ficam atrapalhando a gente? É claro que dá para falar com o colega que está sentado ao lado; mas mesmo que a gente tente falar baixinho a professora escuta e diz: "Já que você está com tanta vontade de falar, venha até o quadro, vamos ver se você continua tão tagarela!" e ela pergunta os departamentos[1] da França e as capitais, e isso complica tudo. Também dá para mandar papeizinhos onde a gente escreve o que tem vontade de dizer; mas aí também a professora quase sempre vê o papel passar e manda a gente levar na mesa dela, e depois levar para o diretor, e como estava escrito "O Rufino é burro, passe" ou "O Eudes é feio, passe" o diretor diz que você vai se tornar um ignorante, que vai acabar na cadeia, que isso vai deixar muito tristes os seus pais, que se matam para você poder ser bem educado. E ele deixa a gente de castigo depois da aula!

Foi por isso que no primeiro recreio de hoje de manhã nós achamos incrível a idéia do Godofredo.

---

1. Divisão administrativa do território francês.

— Inventei um código formidável — o Godofredo disse. — É um código secreto que só a gente da turma vai entender.

E ele mostrou para nós; para cada letra a gente faz um gesto. Por exemplo: o dedo no nariz é a letra "a", o dedo no olho esquerdo é "b", o dedo no olho direito é "c". Tem gestos diferentes para todas as letras: a gente coça a orelha, esfrega o queixo, dá tapas na testa, e assim até "z", quando a gente fica vesgo. Fantástico!

O Clotário não estava concordando muito; ele disse que para ele o alfabeto já era um código secreto e que em vez de aprender ortografia para conversar com os colegas ele preferia esperar a hora do recreio para dizer o que ele queria. O Agnaldo, é claro, não quer nem saber do nosso código secreto. Como ele é o primeiro e o queridinho da professora, ele prefere ficar escutando a professora na classe e ser interrogado. O Agnaldo é doido!

Mas todos os outros, nós achamos muito legal o código. E além disso um código secreto é muito útil; quando a gente está brigando com inimigos, a gente pode se dizer uma porção de coisas, e eles não compreendem nada e quem ganha somos nós.

Então nós pedimos para o Godofredo ensinar pra gente o código dele. Nós todos ficamos em volta do Godofredo e ele disse pra gente fazer que nem ele; ele tocou o nariz com o dedo e nós todos tocamos os nossos narizes com os nossos dedos; ele pôs um dedo no olho e nós todos pusemos um dedo no olho. Foi quando nós todos estávamos fazendo que nem vesgo que o sr. Moscadassopa chegou. O sr. Moscadassopa é um inspetor de alunos novo, que é um pouco mais velho do que os grandes, mas não muito, e parece que é a primeira vez que ele trabalha de inspetor de alunos numa escola.

— Escutem — o sr. Moscadassopa disse. — Eu não vou cometer a insensatez de perguntar o que é que vocês estão tramando com essas suas caretas. Eu só vou dizer que se vocês continuarem eu deixo todos de castigo na folga da quinta-feira à tarde. Entenderam?

E ele foi embora.

— Bem — o Godofredo falou —, vocês não vão se esquecer do código?

— Pra mim o que atrapalha é o negócio do olho esquerdo e do olho direito, para fazer o "b" e o "c". Eu sempre me engano com a direita e a esquerda; é como a mamãe quando ela está dirigindo o carro do papai.

— Bom, não tem importância — o Godofredo falou.

— Como que não tem importância? — o Joaquim falou. — Se eu quero te chamar de "imbecil" e eu digo "imcebil", não é a mesma coisa.

— Quem é que você quer chamar de "imbecil", imbecil? — o Godofredo perguntou.

Mas eles não tiveram tempo de brigar porque o sr. Moscadassopa tocou o sinal do fim do recreio. Com o sr. Moscadassopa os recreios estão cada vez mais curtos.

Ficamos em fila e o Godofredo disse:

— Na classe eu vou mandar uma mensagem para vocês, e no próximo recreio a gente vê quem entendeu. Já vou avisando, para fazer parte da turma tem que conhecer o código secreto!

— Ah, tá bom — o Clotário falou —; então o senhor decidiu que se eu não conheço o seu código não sirvo pra nada, não faço mais parte da turma! Tá bom!

Então o sr. Moscadassopa disse para o Clotário:

— Você vai me conjugar o verbo "Não devo conversar na fila, principalmente quando eu tive tempo durante todo o recreio para contar histórias bobas". No Indicativo e no Subjuntivo.

— Se você tivesse utilizado o código secreto, não teria levado castigo — o Alceu falou, e o sr. Moscadassopa deu o mesmo verbo para ele conjugar. O Alceu sempre faz a gente dar risada!

Na classe a professora mandou a gente tirar os cadernos e copiar os problemas que ela ia escrever no quadro, para a gente fazer em casa. Eu fiquei muito chateado com isso, principalmente por causa do papai, porque ele volta do escritório muito cansado, e sem muita vontade de fazer lição de matemática. Depois, enquanto a professora escrevia no quadro, todo o mundo se virou para o Godofredo e ficamos esperando ele começar a mensagem. Então o Godofredo começou a fazer gestos; e não era mesmo muito fácil de entender, porque ele fazia muito rápido, e depois ele parava para escrever no caderno, e depois, como a gente estava olhando para ele, ele começava a fazer gestos, e ele ficava muito engraçado pondo os dedos nas orelhas e dando tapas na testa.

A mensagem do Godofredo estava comprida demais, e era muito chato porque nós não podíamos copiar os problemas. É mesmo, a gente tinha medo de perder as letras da mensagem e de não entender mais nada, e então a gente tinha que ficar olhando o tempo todo para o Godofredo, que senta atrás, no fundo da sala.

E depois o Godofredo fez "i" coçando a cabeça, "t" mostrando a língua, arregalou os olhos e parou, todo o mundo se virou e viu que a professora não estava mais escrevendo e estava olhando para o Godofredo.

— Pois é, Godofredo — a professora falou. — Eu estou como os seus colegas, vendo você fazer as suas micagens. Mas já durou demais, não é? Agora, você vai para o canto de castigo, não vai sair para o recreio, e para amanhã vai escrever 100 vezes "Não devo bancar o palhaço na aula e distrair a atenção de meus colegas, impedindo-os de trabalhar".

Nós não tínhamos entendido nada da mensagem. Então, na saída a gente esperou o Godofredo, e quando ele chegou nós vimos que ele estava louco da vida.

— O que é que você estava dizendo na aula? — eu perguntei.

— Não enche! — o Godofredo gritou. — E depois, o código secreto acabou! Aliás eu não falo mais com vocês, tá?

Foi no dia seguinte que o Godofredo nos explicou a mensagem. Ele tinha dito:

"Não fiquem me olhando desse jeito senão a professora vai me pegar."

O aniversário da Maria Edviges

Hoje eu fui convidado para o aniversário da Maria Edviges. A Maria Edviges é uma menina, mas ela é muito legal; ela tem cabelos amarelos, olhos azuis, é toda cor-de-rosa e é a filha dos Catapreta, que são nossos vizinhos. O sr. Catapreta é o chefe da seção de calçados da loja "O Pequeno Econômico", e a sra. Catapreta toca piano e canta sempre a mesma coisa, uma canção com uma porção de gritos que a gente escuta muito bem da nossa casa, todas as noites.

    A mamãe comprou um presente para a Maria Edviges: uma cozinha pequena com panelas e peneiras e eu gostaria de saber se alguém consegue se divertir com brinquedos como esse. Depois a mamãe me pôs o terno azul marinho com a gravata, me penteou com uma porção de brilhantina, disse que era para eu ficar bem comportado, um homenzinho de verdade, e foi comigo até a casa da Maria Edviges, ao lado da minha casa. Eu estava muito contente porque eu gosto muito de aniversários e gosto muito da Maria Edviges. É claro que não é em todo aniversário que a gente encontra colegas como o Alceu, o Godofredo, o Eudes, o Rufino, o Clotário, o Joaquim ou o Maximiliano, que são os meus colegas da escola, mas a gente sempre acaba se divertindo: tem bolo e a gente brinca de caubói, de polícia e ladrão, e é muito legal.

Foi a mãe da Maria Edviges que abriu a porta, e deu uns gritos como se ela estivesse surpresa de me ver, e no entanto foi ela que telefonou para a mamãe para me convidar. Ela foi muito boazinha, me disse que eu estava um amor, e depois chamou a Maria Edviges para ver o lindo presente que eu tinha trazido. A Maria Edviges veio muito cor-de-rosa com um vestido branco todo cheio de dobrinhas, legal mesmo. Eu estava muito sem jeito de dar o presente para ela, porque eu tinha certeza de que ela ia achar sem graça, e achei que a sra. Catapreta tinha razão quando ela disse para a mamãe que a gente não devia ter feito aquilo. Mas parece que a Maria Edviges ficou muito contente com a cozinha; as meninas são engraçadas! E depois a mamãe foi embora dizendo outra vez para eu me comportar.

Entrei na casa da Maria Edviges e lá tinha duas meninas, com os vestidos cheios de dobrinhas. Elas se chamavam Melanie e Eudóxia, e a Maria Edviges me disse que eram as suas duas melhores amigas. A gente deu a mão e eu fui me sentar num canto, numa poltrona, enquanto a Maria Edviges mostrava a cozinha para as suas melhores amigas e a Melanie disse que tinha uma igual só que era melhor; mas a Eudóxia disse que tinha certeza que a cozinha da Melanie não era tão legal como o serviço de mesa que ela tinha ganho no aniversário dela. E as três começaram a discutir.

Depois tocaram a campainha, muitas vezes, e entraram uma porção de meninas, todas com vestidos cheios de dobrinhas, com presentes idiotas e tinha uma ou duas que tinham trazido as bonecas. Se eu soubesse, tinha trazido a minha bola de futebol. Depois a sra. Catapreta disse:

— Muito bem, acho que todo o mundo já chegou; podemos passar à mesa para o lanche.

Quando vi que eu era o único menino, bem que fiquei com vontade de voltar para casa, mas não tive coragem, e eu estava com muito calor no rosto quando a gente entrou na sala de jantar. A sra. Catapreta mandou eu me sentar entre a Leontina e a Berta, que a Maria Edviges me disse que também eram suas duas melhores amigas.

A sra. Catapreta pôs uns chapéus de papel na cabeça da gente; o meu era um chapéu pontudo, de palhaço, que ficava preso com um elástico; todas as meninas deram risada quando me viram e eu fiquei com mais calor ainda no rosto e a minha gravata estava me apertando demais.

O lanche não estava ruim, tinha bolachinhas, chocolate e trouxeram um bolo com velinhas e a Maria Edviges assoprou e elas todas aplaudiram. É engraçado, mas eu não estava com fome. E no entanto, sem contar o café da manhã, o almoço e o jantar, é do lanche que eu gosto mais. Quase tanto quanto do sanduíche que a gente come no recreio.

As meninas comiam bem, elas falavam o tempo todo, todas ao mesmo tempo, davam risada e faziam de conta que davam doce para as bonecas.

Depois a sra. Catapreta disse que nós íamos passar para o salão, e eu fui me sentar na poltrona do canto.

Depois a Maria Edviges, no meio da sala, com os braços atrás das costas, recitou um negócio que falava de passarinhos. Quando ela terminou, nós todos aplaudimos e a sra. Catapreta perguntou se mais alguém queria fazer alguma coisa, recitar, dançar ou cantar.

— Quem sabe o Nicolau? — a sra. Catapreta perguntou. — Um mocinho tão bem comportado com certeza sabe recitar.

Eu estava com uma bola enorme na garganta e fiz não com a cabeça e todas elas deram risada, porque eu devia estar parecendo um palhaço com o meu chapéu pontudo. Aí então a Berta deu a sua boneca para a Leontina segurar e foi para o piano para tocar alguma coisa, pondo a língua para fora, mas ela esqueceu o final e começou a chorar. Então a sra. Catapreta se levantou, disse que tinha sido muito bom, beijou a Berta, pediu para a gente aplaudir e elas todas aplaudiram.

Depois a Maria Edviges colocou todos os brinquedos dela no meio do tapete e as meninas começaram a dar gritos e uma porção de risadas, mas não tinha nenhum brinquedo de verdade naquele monte: a minha cozinha, uma outra cozinha maior, uma máquina de costura, vestidos de boneca, um armário pequenininho, e um ferro de passar roupa.

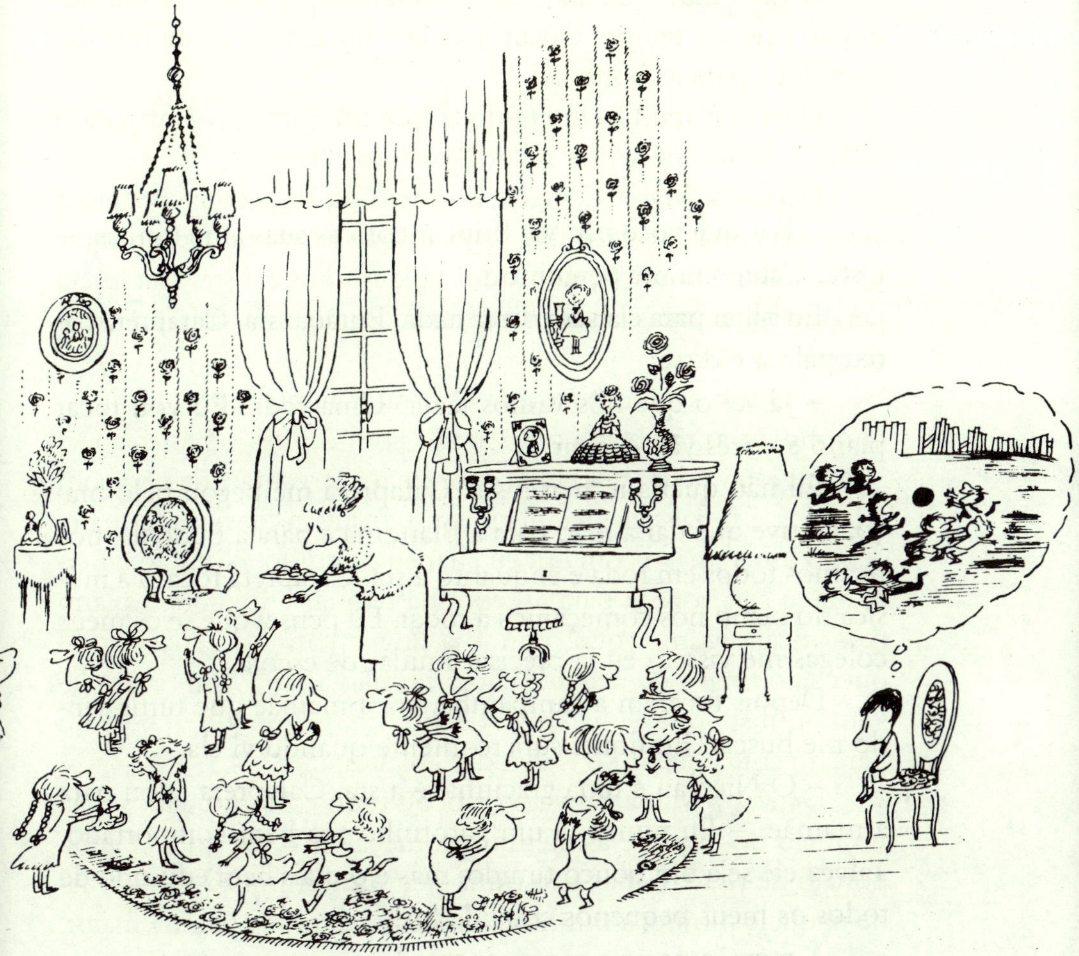

— Por que você não vai brincar com as suas amiguinhas? — a sra. Catapreta me perguntou.

Eu olhei para ela sem dizer nada. Então a sra. Catapreta bateu palma e disse:

— Já sei o que nós vamos fazer! Uma roda! Eu vou tocar piano e vocês vão dançar!

Eu não queria ir, mas a sra. Catapreta me pegou pelo braço, eu tive que dar a mão para a Blandina e para a Eudóxia, nós ficamos todos em roda e enquanto a sra. Catapreta tocava a música no piano nós começamos a rodar. Eu pensei que se os meus colegas me vissem eu ia precisar mudar de escola.

Depois tocaram a campainha, era a mamãe que tinha vindo me buscar. Eu fiquei supercontente quando vi ela.

— O Nicolau é uma gracinha — a sra. Catapreta falou para a mamãe. — Eu nunca vi um garotinho tão bem comportado. Talvez ele seja um pouco tímido, mas é o mais bem educado de todos os meus pequenos convidados!

A mamãe parecia meio espantada, mas contente. Em casa eu me sentei numa poltrona sem dizer nada, e quando o papai chegou ele olhou para mim e perguntou para a mamãe o que é que eu tinha.

— Ele tem que eu estou muito orgulhosa dele — a mamãe disse. — Ele foi ao aniversário da nossa vizinha, era o único menino convidado, e a sra. Catapreta me disse que ele era o mais bem educado!

O papai esfregou o queixo, tirou o meu chapéu pontudo, passou a mão pelo meu cabelo, limpou a brilhantina com o lenço e perguntou se eu tinha me divertido bastante. Então eu comecei a chorar.

O papai deu risada, e naquela mesma noite ele me levou para ver um filme cheio de caubóis que batiam uns nos outros e que davam uma porção de tiros de revólver.

Impressão e Acabamento:
Corprint Gráfica e Editora Ltda.